Danksagung

Da die Hintergrundschilderungen zu dieser Erzählung für mich von großer Bedeutung waren, spielten Dokumente, Aussagen von Zeitzeugen, sowie Fotos eine große Rolle in diesem Buch.
Den Zeitzeugen aus dem Allgäu verdanke ich vielfältiges und umfangreiches Material.
Ich muss mich im Besonderen bei Frau Ursula Westhäußer, geb. Kinkele, bedanken, welcher ich sowohl viele Berichte, als auch Fotos aus jener Zeit verdanke. Auch Frau A. Seidel, geb. Harlacher, versorgte mich großzügig mit Schilderungen und Abbildungen.
Ferner schulde ich Herrn P. Mayer, dem ehemaligen Bürgermeister und jetzigen Betreuer des Gemeindearchivs von Eisenharz, großen Dank für seine außergewöhnlichen Bemühungen bei der Beschaffung von Material sowie der Vermittlung von Zeitzeugen. Dank seiner Initiativen wurde ich mit Frau F. Fernsemer, der Heimatpflegerin von Isnyberg bekannt, welche mir ebenfalls Einsicht in ihre Dokumente gewährte.
Ich bedanke mich auch bei Herrn W. Benz für das Hintergrundmaterial und sein Interview mit Maja Maucher, welches er mir beschaffte. Auch möchte ich Herrn P. Wunderlich für die Information zu seiner Familie meinen Dank bekunden.
Großen Dank schulde ich auch meiner Familie für ihre Mithilfe: Meiner Nichte Daniela Ferretti-Jülich, meinen Töchtern Michal und Jael, welche dieses Buch begleiteten und kommentierten, sowie meinem Cousin Burkhard Vendt, der mich mit Material aus Koslar versah.
Mein besonderer Dank gilt meinem Gatten Usi, der alles durchlas, redigierte und zusammenstellte.
Ich bedanke mich auch für diverse Dokumente aus dem Kreisarchiv Ravensburg bei Herrn Falk, bei Herrn Obst für Material aus dem Staatsarchiv Sigmaringen und bei Herrn Schatzschneider, von der Mahn - und Gedenkstätte Düsseldorf für sein Archivmaterial und seine tätige Unterstützung.

Diese zweite Auflage ist Frucht des vereinten Ansporns von Herrn W. Benz sowie Familie Westhäußer, welche mich zu beachtenswerten Korrekturen des Textes und der fotografischen Aufbesserung von Bildern anregten und mir hierin bedeutenden Beistand leisteten.

Omer, 2019

Elischewa German

Elischewa German

Ein Sommer in Eisenharz

Begegnung zweier Welten im Jahre Null

Copyright © 2019 Elishewa German
Umschlagfotos: Privatmaterial und Archiv Eisenharz
Umschlaggestaltung: Michal German

Herstellung und Verlag: BoD – Books on Demand, Norderstedt
ISBN 9 783732 242085

Parentibus Optimis

Inhalt

	Vorwort	3
1.	Der Weg nach Eisenharz	5
2.	Das Wiedersehen	13
3.	Der Besuch bei der Ärztin	23
4.	Erste Erzählungen	29
5.	Bei Bürgermeister Kinkele	37
6.	Eine jüdische Sängerin taucht im Allgäu unter	47
7.	Ein Spaziergang mit Veronika	55
8.	Die Franzosen kommen	61
9.	Unter französischer Flagge	71
10.	"Wie wäre es denn mit uns beiden?"	79
11.	Wer hat mitgemacht?	87
12.	Auf dem Bromerhof	95
13.	"Mein schönes Fräulein …"	109
14.	"Wie gut, dass wir rechtzeitig kapituliert haben".	119
15.	Hermann erzählt	125
16.	Eine Wallfahrt nach Maria-Thann	135
17.	"Und welche Rolle spielten die Kirchen …?"	143
18.	Abschied von Eisenharz	153
	Literaturnachweis	161

Vorwort

Der Schauplatz dieser Erzählung ist Eisenharz im Allgäu.

Die hier geschilderten Ereignisse spielten sich im Frühjahr und Sommer des schicksalsträchtigen Jahres 1945 ab und dürfen sich auf viele Dokumente und Zeitzeugen berufen.

Fast alle hier geschilderten Personen haben existiert. Nur weniges wurde hinzugefügt oder verändert und deshalb ist es letztlich ein Roman geworden.

Es handelt sich um eine Verflechtung persönlicher Schicksale und insbesondere um die Entwicklung einer Liebesgeschichte auf dem Hintergrund der dramatischen Begebenheiten zur Zeit des Kriegsendes 1945. Es soll deshalb auch als Dokumentation eines entscheidenden Wendepunktes in der deutschen Geschichte verstanden werden.

1. Der Weg nach Eisenharz

Es war ein angenehm luftiger Morgen im Juni des Jahres 1945. Ein Mann in mittleren Jahren in einem leicht abgewetzten, dunklen Anzug, in jeder Hand einen ausgebeulten Koffer, war auf seinem Weg zur französischen Interzonengrenze südlich von Kempten im Allgäu. Er war klein und schmächtig von Gestalt und ging mit festen Schritten auf den Schlagbaum zu, welcher die Grenze zwischen der amerikanischen und der französischen Zone des besetzten Deutschlands markierte.

Von einem Seitenweg näherten sich zwei weitere Gestalten, eine Frau mit Mittelscheitel und Flechtendutt, die einen Korb mit sich führte und neben ihr ein circa sechsjähriges Mädchen, welches einen kleinen Ranzen trug. Frau und Kind kamen erst schnellen Schrittes daher, verlangsamten aber merklich ihre Gangart, je mehr sie sich dem Soldaten näherten, der mit seiner Waffe neben der Trikolore seinen Posten bezogen hatte. Die Kleine warf furchtsame Blicke auf die martialische Gestalt und die Frau zog den Korb enger an sich. Der Franzose war von dunkler Gesichtsfarbe und musterte das Paar mit recht finsterer Miene. Je mehr es herannahte, desto mehr heftete sich sein bedrohlicher Blick auf den Korb der Frau. Als die zwei endlich bei ihm angelangt waren, schrie er: "Alt!" Und dann auf den Korb sowie auf den Ranzen weisend: "Aufmachen!" All dies in ausgeprägt französischem Akzent und mit der selbstzufriedenen Miene des allmächtigen Kontrolleurs. Das kleine Mädchen wich bänglich zurück, wurde aber von der Mutter wieder nach vorn gezogen und angehalten, ihren Behälter vorzuzeigen. Letztere wies mit routinierter Miene ihren Korb vor. Die zur Schau getragene Gelassenheit der Frau schien den Soldaten zu reizen und er schüttete abrupt den Korbinhalt auf den Boden. Da kullerten etliche Kohlköpfe, Kartoffeln, Äpfel und Pflaumen auf den Boden. Das Mädchen begann leise zu weinen und hielt ängstlich den Ranzen vor sich hin. Der Soldat brach ganz unverhofft in schallendes Gelächter aus, streichelte der Kleinen über den Kopf und sagte belustigt: "Bien. Gutt, gutt." Die Mutter begann, eilig alles aufzulesen, solange die gute Laune anhielt. Ihr Töchterchen beugte sich ebenfalls eifrig nieder und half ihr beim Einsammeln des kostbaren Guts. Dann machten sich die beiden recht beschleunigt auf ihren weiteren Weg.

Jetzt war der Weg frei für den nächsten 'Grenzgänger', nämlich den mit den Koffern, welcher das Geschehnis von der Seite aufmerksam beobachtet hatte. Als Mutter und Kind den Rücken gekehrt hatten, schien er den Zeitpunkt für seinen eigenen Grenzüberschritt als geeignet befunden zu haben. Er bewegte sich mit selbstbewusster Miene auf den diensthabenden Franzosen zu, nicht mit der üblichen Beflissenheit der Besiegten, sondern wie einer, der sich seines Platzes auf der Welt sicher ist. Das überraschte den Posten, der nun wieder zu seiner früheren, barschen Tonart überwechselte: "Vite, vite, alt, Papiere!" Der Grenzgänger zog mit großer Bereitwilligkeit und ohne jegliche Hast ein Dokument aus seiner Tasche und sprach sein Gegenüber in Französisch an: "Bon jour, Monsieur."

Die Miene des in seiner Landessprache Angesprochenen hellte sich augenblicklich auf und er sondierte das Papier mit wachsendem Wohlwollen. Es war in der Tat ein Dokument besonderer Art, welches seine konziliantere Handlungsweise im Nachhinein durchaus rechtfertigte. Handelte es sich doch um einen Ausweis, welcher im KZ-Buchenwald durch das Häftlingskomitee ausgestellt und durch die US Militärregierung beglaubigt worden war und besagte, dass es sich bei dem Besitzer dieser Identitätskarte um einen ehemaligen KZ-Häftling namens Hermann Jülich handele, welcher am 25.5.1945 in Freiheit gesetzt worden war. Der Ausweis trug seinen Fingerabdruck.

Somit galt er als ein Bevorzugter innerhalb der deutschen Bevölkerung, welche sich generell ohne besondere Bewilligung nicht frei zwischen den verschiedenen Zonen bewegen durfte. Der Franzose war sichtlich erfreut, mit einem offiziell anerkannten Anti-Nazi Umgang zu haben und noch mit einem solchen, mit dem er sich in seiner Sprache unterhalten konnte. Hermann seinerseits war bemüht, seine wenn auch begrenzten Französischkenntnisse an den Mann zu bringen. Er hatte die Unterhaltung anfangs auf einem etwas holprigen Sprachniveau begonnen, war aber dann in Fahrt gekommen und sein Berlitz-Französisch fing an, flüssiger zu werden.

Der Entlassungsausweis von Buchenwald (Privatdokument)

Nun entwickelte sich zu beider Genugtuung ein Gespräch, bei dem jeder auf seine Kosten kam. Der Franzose konnte für kurze Zeit seiner eintönigen Routine und dem heiklen Umgang mit den Einheimischen entgehen und dabei zwanglos in seiner Muttersprache plaudern. Die sich nun entspinnende Konversation sollte auch Hermanns Weiterkommen dienlich werden.
"Aha, Monsieur war in Buchenwald gewesen? Wie lange und warum?"
Ausdrücke des Bedauerns und der wohlwollenden Versicherung, ihm behilflich zu sein.
Wohin er denn wolle? Aha, nach Eisenharz? Und Monsieur wolle zu Fuß dahin gelangen? Das seien aber noch gut acht Kilometer.

Just in dem Moment näherte sich ein Lieferwagen mit der Aufschrift 'Molkerei Schlachters'. Die Unterhaltung musste notgedrungen abgebrochen werden. Der Posten winkte das Fahrzeug an den Schlagbaum und der Fahrer nebst Begleiter stiegen aus. Die Prozedur dauerte ein wenig länger. Der Soldat überprüfte Autopapiere und Personalausweise und es stellte sich heraus, dass der Wagen unterwegs nach Schlachters sei, um dort Milchprodukte einzuladen, welche auf dem Rückweg nach Kempten geliefert werden sollten. Der Franzose fand an den Papieren nichts auszusetzen, war aber nun beflissen, seinem Schützling weiterzuhelfen. Er deutete auf Hermann und wies den Fahrer im Befehlston an, ihn mitzunehmen. "Der Mann nach Eisenharz! Vite, vite, jetzt!"
Der Fahrer antwortete zustimmend, gab aber zu bedenken:"Ja, gerne, aber nur bis zur Kreuzung nach Eisenharz. Ich darf nicht vom Wege abgehen. So steht das in meinen Papieren." Der Soldat überlegte kurz und der Fahrer fügte hinzu: "Ich kann ihn mitnehmen. Mein Anhänger ist jetzt auf dem Hinweg leer. Er hat dann nicht mehr viel zu laufen. Höchstens 2 km."

Hermann wollte seine Chance nicht verpassen und bekräftigte: "Das ist ja wunderbar. Ich fahre gerne mit. Kann ich mich in den Anhänger setzen?"
Nun war das Problem zu aller Zufriedenheit gelöst. Der Franzose hatte seine Autorität geltend gemacht und seinen Protegé unterbringen können. Der Fahrer zeigte sich hilfsbereit und Hermann sah sich seinem Ziel um mehrere Kilometer näher. Er schüttelte dem Soldaten mit Dankesworten die Hand und kletterte nebst seinen Köfferchen auf den Anhänger.

Der Wagen setzte sich langsam in Bewegung. Hermann hatte sich Platz auf einer Bank verschafft und verfolgte rückwärts schauend die weitere Fahrt des Milchgefährts. Fast andächtig betrachtete er die liebliche, sattgrüne Landschaft zu beiden Seiten der gewundenen Straße. Nach geraumer Zeit verlangsamte sich die Fahrt und der kleine Laster kam mit einigen Rucken zum Stehen. Der Fahrer zeigte sich am Geländer, half ihm herunter und wies auf die Landstraße, die rechts von der Hauptstraße abbog. "Schauens, da lang müssen Sie gehen. Dann sind Sie in einer guten halben Stunde in Eisenharz. Ich muss weiter hier nach Schlachters. Alles Gute dann." Er hob grüßend die Hand. Hermann bedankte sich und der Fahrer verschwand wieder im Wageninneren.

Hermann hob seine beiden Köfferchen und machte sich auf den Weg. Aber auch diesmal war er nicht allein. Kurz vor ihm gingen drei junge Frauen, denen der ganze Vorgang nicht entgangen war. Sie drehten sich um und betrachteten abwartend den Ankömmling. Als Hermann bei ihnen anlangte, wurde er mit einem ebenso freundlichen wie neugierigen "Grüß Gott" begrüßt. Hermann grüßte zurückhaltend zurück. Das Trio begutachtete den Dazugekommenen jetzt ungeniert. Es blieb nicht beim Betrachten. Die mittlere der Frauen, eine gerundete apfelbäckige Erscheinung, sprach ihn unmittelbar an: "Wo wollet se denn hin?"

Hermann bewaffnete sich wieder mit seinem abgesetzten Hab und Gut: "Ich möchte nach Eisenharz. Der Fahrer da, der mich gerade abgesetzt hat" seine Rechte beschrieb einen Halbkreis nach hinten, "sagte mir, ich solle hier weiter geradeausgehen. Ich könne den Ort nicht verfehlen."

Das wurde allerseits lebhaft bestätigt. Aber dann kam die Vollbusige auf den Beginn der Unterhaltung zurück: "Ja, wen suchet se denn in Eisenharz?"

"Ich suche das Ehepaar Helmes, meine Schwester und meinen Schwager." Erklärend fügte er hinzu: "Sie sind eigentlich keine Ortsansässigen, sondern Evakuierte. Kennen Sie denn meine Familienangehörigen?"

"Ja, freilich" anworteten die drei wie aus einem Munde. "Die Frau Helmes und ihren Mann, die kennen wir."

Die Vollbusige schlug nun Hermann vor, ihm beim Gepäcktragen zu helfen. Inzwischen waren die Konturen von Eisenharz bereits in Erscheinung getreten. Vor allem wurde der Kirchturm sichtbar, aber zwischen der Ortschaft selbst und dem Ausgangspunkt lag noch eine Wegstrecke und Hermann machte keine Einwendungen gegen dieses freundliche Angebot. Es war lange her, seit ihm jemand so hilfsbereit entgegengekommen war. Es entspann sich nun ein lebhaftes Gespräch, in dessen Verlauf er erfuhr, dass es sich bei seinen Weggefährtinnen um drei Schwestern aus Ulm handelte, welche infolge der Bombardierungen nach Eisenharz evakuiert worden seien. Von Zeit zu Zeit blieb Hermann kurz stehen und musterte die Umgebung: Die hügelige, liebliche Voralpenlandschaft des Allgäus. In den sattgrünen Weiten lagen verstreute Dörfer und Gehöfte. Dann blieb sein Blick an den kleinen Schirmfliegern des Löwenzahns hängen, die durch den leichten Wind vor ihnen her getragen wurden.

Er atmete tief und murmelte halb zu sich selbst: "Wie idyllisch."

Die Rundliche bestätigte: "Freilich, es ist schon a schöns Ländle."

Und dann wollte sie wissen, woher er denn käme.
"Ich komme jetzt aus Düsseldorf, keine kleine Reise. Von dort stammt sowohl meine Familie wie auch ich selbst." Es war augenscheinlich, dass er sich mit weiteren Informationen zurückhielt. Eine kleine Pause entstand. Dann meinte die jüngere der Schwestern: "Es schaut sicher schlimm da oben aus. Wir selbst haben ja Ulm wegen schwerer Bombardierungen verlassen und sind deshalb hier in Eisenharz. Ich hoffe doch, dass Ihr Haus noch steht." Sie beschrieb eine kleine Bewegung in der Luft, damit die Position dieser fernen Gegend andeutend.
"Ja, Düsseldorf ist tatsächlich sehr zerstört und es war gar nicht so leicht, mich zurechtzufinden. Ach ja, und meine alte Wohnung existiert wirklich nicht mehr, aber es gibt Schlimmeres als das."
Das wurde wortreich durch das Trio bestätigt. Die Wortführerin bekräftigte, dass hier am Ort aber alles in bester Ordnung sei. Vor allem herrsche kein Lebensmittelmangel.

Inzwischen hatte man sich dem Ortseingang genähert. Einzelne langgestreckte Bauernhäuser erschienen am Straßenrand und die weiße Kirchturmspitze überragte das Wohngebiet auf der Rechten. Die Gärten waren für städtische Begriffe riesengroß und jeder Zentimeter diente als Nutzfläche, voller Gemüsebeete und Obstbäume. Hermann erforschte mit seinen hellen Augen unter den Eulengläsern diese ganze herrliche Unversehrtheit.

Blick auf Eisenharz vor Jahren (Gemeindearchiv Eisenharz)

Nach einem kurzen Geradeaus zweigte man links ab und Hermann erkundigte sich: "Wissen Sie denn genau, wo die Helmes jetzt wohnen? Ich habe zwar eine Art Adresse, weiß aber nicht, ob die noch stimmt."
"Aber freilich", ertönte es wie aus einem Munde, "die Helmes sind beim Harlacher einquartiert."
"Und wer ist der Harlacher? Den kennen Sie vermutlich auch?"
Die drei lachten: "Aber freilich. Das ist ein Großbauer. Er hat die größte Milchwirtschaft in Eisenharz. Er hat hier einen großen Hof und Raum für viele. Die Frau Helmes ist schon lange bei ihm. Und ihr Mann einige Monate."
Es war offensichtlich, dass hier jeder aufs Genaueste in die Wohnverhältnisse und Gewohnheiten seiner Umgebung eingeweiht war.
"Wir setzen Sie direkt vor dem Haus ab."
Man war jetzt an einem ansehnlichen Gasthof auf der rechten Straßenseite angelangt. Die Straße wurde überquert und dann kam ein größerer Gebäudekomplex in Sicht.
"Also, da wohnt der Harlacher."

Es handelte sich um ein großflächiges, einnehmendes Anwesen. In der Mitte lag ein breit angelegtes vierstöckiges Bauernhaus, wenn man das bewohnte Dachgeschoss miteinrechnete. Darüber ein mäßig steiles Dach. Die riesigen weißen Wandflächen waren durch großangelegte Fenster mit grünen Läden durchbrochen. Rings umher befanden sich einzelne Nebengebäude. Eines, das vor ihnen lag, war ein bräunliches holzverschindeltes Bauwerk von kleineren Ausmaßen und war von einigen Sträuchern umgeben.
Die Wortführerin des Trios wies darauf und erläuterte: "Und hier wohnen die Helmes." Und sie deuteten auf eine Tür im unteren Wohnbereich des Nebengebäudes, welches man nun erreicht hatte.

Ihre Mission war damit beendet. Sie setzten die Köfferchen ihres Schützlings nunmehr ab und machten Miene, ihres Weges zu gehen. Hermann, der schweigsam beobachtend die letzte Wegstrecke zurückgelegt hatte, wandte sich nun an seine Begleiterinnen: "Ich bin Ihnen sehr zu Dank verpflichtet, sowohl für Ihre Hilfsbereitschaft, als auch für Ihre angenehme Begleitung." Er drückte ihnen mit städtischer Galanterie die Hand.

Das Nebengebäude. Hier wohnten die Helmes (Privatfoto)

Seine Weggenossinnen entfernten sich mit allen Anzeichen großer Befriedigung. Jetzt würden sie zuhause doch etwas zu erzählen haben. Ein Fremder aus Düsseldorf bei den Helmes! Sie würden die ersten sein, die es berichten konnten, denn so eine Neuigkeit würde sich in Windeseile im Ort verbreiten.

2. Das Wiedersehen

Hermann blieb einen Moment stehen und ging seinen Gedanken nach. Dies war ein wichtiger Moment in seinem Leben. Er würde nach fast zehnjähriger Gefangenschaft nunmehr wieder als freier Mann seine Schwester und seinen Schwager wiedersehen. Letzterem hatte er vermutlich überhaupt sein Überleben zu verdanken, denn der Ehemann seiner Schwester hatte es vermocht, seine jüdische Ehefrau Elise, genannt Liesel, vor der Gestapo zu schützen und ihm selbst lebensrettende Pakete und auch Geldsendungen nach Dachau und Buchenwald zukommen zu lassen. Man war während all dieser Jahre in fortwährender brieflicher Verbindung miteinander gewesen, aber jetzt würde man sich endlich in die Augen sehen und frei miteinander sprechen können. Er hatte sich das Wiedersehen viele Male in seiner Fantasie ausgemalt, wenn er im Judenblock 11 im KZ-Buchenwald auf seiner Pritsche die Briefe las. In unzähligen Tagträumen und vor allem, wenn er schlafen ging, hatte er sich diesen Moment vorgestellt und herbeigesehnt. Die Hoffnung hatte ihn durch unendliche Nächte und Tage der Verzweiflung getragen. Sie hatte ihn seelisch gehoben und den Lichtschimmer am Ende des Tunnels sehen lassen.
Und jetzt war diese Stunde wirklich und wahrhaftig gekommen. Hier in diesem unzerstörten, friedlichen Dorf würde er ihnen leibhaftig gegenüber stehen und sie würden sich soviel zu erzählen haben, dass ihnen Tage und Wochen nicht genügen würden.

Es war recht still um diese mittägliche Zeit, wiewohl vom großen Hauptgebäude ein gedämpftes Stimmengewirr zu hören war. Er gab sich einen Ruck, ergriff sein Gepäck und war im Begriff, auf die Holztür des braunen Holzgebäudes zuzugehen. In diesem Moment raschelte es sehr vernehmlich im Gebüsch an der Hauswand und wenige Sekunden später betrat ein Hüne den Pfad, der zum Hause führte. Er war breitschultrig und umfasste mit seinen fleischigen Händen einen enorm großen Korb, der mit Holzscheiten gefüllt war. Hermann beobachtete mit wachsendem Interesse den etwas fülligen Mann, sein breitbackiges, fast birnenförmiges Gesicht, das an den Schläfen zurückweichende, mattblonde, glatte, nach hinten gekämmte Haar und die hellblauen Augen, die blinzelten, als er ins Sonnenlicht trat. Das war kein anderer als Hans Helmes, sein Schwager und

Retter. Auch dieser zögerte nur wenige Sekunden und hätte fast den Korb fallen gelassen.
"Männe, endlich bist du hier! Mein Gott, die Liesel ist drinnen."
Er setzte endlich sein Holz auf die Erde, lief auf Hermann zu und umarmte ihn stürmisch. Dann ließ er von ihm ab, rannte auf die Tür zu, öffnete sie und brüllte: "Liesel, komm, Hermann ist zurück!"

Von drinnen ertönte ein Schrei. Hermann setzte seine Koffer wieder ab, und aus der Wohninnerung löste sich eine kleine, zarte Gestalt, blieb eine Sekunde wie angewurzelt stehen, um sich dann auf den Ankömmling zu stürzen. Eine untersetzte, schlanke Frau kam mit eiligen Schritten herbei und umschlang den Ankömmling. Sie stammelte: "Hermann, ich kann es kaum glauben. Nach all der Zeit! Wir haben gewartet und gehofft, gehofft und gewartet. Und jetzt bist du leibhaftig hier!" Sie umhalste und herzte ihn und stieß immer wieder Ausrufe der Freude und der Rührung aus. Auch Hermann umarmte wiederholt den einen, um den anderen zu umfassen. Diese Wiedersehensszene dauerte eine ganze Weile, bis sich die aufgewühlten Gemüter allmählich beruhigt hatten. Hans sagte endlich: "Lasst uns hereingehen. Wir haben uns doch soviel zu erzählen."

Sie zogen ihn herein in einen Flur. Hinter der Tür waren Haken in die Wand eingelassen, die eine Garderobe bildeten. Hermann stellte sein Hab und Gut dort erst einmal ab und sie geleiteten ihn in eine gemütliche Wohnküche. Man nahm auf einem Ecksofa Platz und konnte sich nun von Angesicht zu Angesicht betrachten. Hermann vermochte nun seine wiedergefundene Familie eingehender in Augenschein zu nehmen. Sie hätten nicht ungleicher sein können, der wuchtige Hans, der seine Frau wie ein Turm überragte und die zarte, bebrillte Brünette.

Liesel flüchtete sich in ihre Hausfrauenrolle, um ihrer Erregung Herr zu werden. Sie ging zum Herd, von dessen Stange eine Schöpfkelle, ein Schürhaken und andere Geräte herunterbaumelten. Das Feuerholz war in einer Schublade darunter verstaut.
"Hermann, ich mache uns erst einmal einen Kaffee. Das ist zwar nur Muckefuck, aber du weißt vielleicht gar nicht, was das ist?"

Hans und Liesel Helmes in den Dreißiger Jahren (Privatfoto)

Hermann antwortete leichthin: "Nun, ich bin dabei, mich in der Normalwelt zurückzufinden. Nachdem ich fast zehn Jahre mit ganz anderen Flüssigkeiten fürlieb nehmen musste, fällt es mir wahrscheinlich weniger schwer als euch, mich mit den Nachkriegsbräuchen vertraut zu machen. Meist erhielten wir morgens einen halben Liter dünner Suppe, gewöhnlich Krautsuppe und eine Portion Brot für den ganzen Tag. Es handelte sich dabei um eine Größenordnung von höchstens 500 Gramm. Die Geschmacksausrichtung war dabei eher nebensächlich. Wir wollten einfach unsere Mägen mit etwas Nahrhaftem füllen. Manche konnten der Versuchung nicht widerstehen, aus Heißhunger die ganze Ration sofort zu verschlingen. Während meines Aufenthalts in Düsseldorf habe ich gelernt, dass der berühmte Muckefuck ein Gebräu aus gerösteter Gerste und Roggen ist und allgemein als ein gültiger Ersatz für Kaffee anerkannt wird. Ich freue mich darauf, dieses Elixier auf euer Wohl zu trinken und vor allem in eurer Gesellschaft zu genießen", wobei er seine Worte mit einem herzerwärmenden Lächeln begleitete.

Er wandte sich seinem Schwager zu, während Liesel mit Topf und Geschirr am Herd herumhantierte: "Wie wunderbar, euch greifbar vor mir zu sehen. Mit euch an einem Tisch zu sitzen und sich auszusprechen."

Hans fiel ein: "Du musst wissen, dass es sich bei diesem Haus, in dem wir wohnen, eigentlich um ein Austragshaus oder Altenteil handelt, also ein Nebengebäude, in dem wir uns aber sehr wohl fühlen. Natürlich haben wir auch schon für eine Schlafstätte für dich gesorgt. Der Harlacher hat uns fürsorglich dieses Klappbett gebracht, da wir ja nicht wissen konnten, wann du hier sein würdest."

Hermann erwiderte: "Für mich ist jede Schlafstatt gut. Ich konnte in den letzten zehn Jahren nicht sehr wählerisch sein. In unseren Blocks schliefen fünfzig Menschen zusammen. Wer eine Pritsche sein eigen nennen konnte und morgens noch all seine Habseligkeiten in dem allgemeinen Chaos wiederfand, konnte froh sein. Die letzte Liegestatt im Lager, in der Nacht vom 10. April, also vor der Befreiung, hatte ich mit Benedikt Kautsky teilen müssen. Das war der Sohn des großen Kautsky und eigentlich ein Sozialdemokrat. Aber aus Gründen, über die noch zu sprechen sein wird, gab er sich als vollblütiger Kommunist aus. Es gab aber noch andere Unterschiede. Er hatte Flöhe, ich aber nicht. Gewisse Antipathien beruhten auf Gegenseitigkeit."

Schwester und Schwager lachten herzlich. Liesel kehrte mit gefüllten Tassen und einigen Scheiben Brot nebst einem Schüsselchen Honig zurück. Alle drei langten herzhaft zu. Hermann kaute langsam und schien jeden Brocken zu genießen. Dann kehrte wieder eine Pause ein, wobei man sich gegenseitig verstohlen musterte.

Liesel war eine gute Portion schmäler geworden in dem vergangenen Jahrzehnt. Die dünnen, blutleeren Lippen und ihr rötlich-braunes Haar, das strähnig nach hinten herunter wallte, verstärkten den Eindruck von Magerkeit und Blässe. Feine Fältchen hatten sich in den letzten zehn Jahren an den Schläfen und den Mundpartien eingegraben. Die Anspannungen der letzten Jahre hatten unübersehbare Spuren hinterlassen. Auch Hermanns hohle Wangen sprachen eine deutliche Sprache. Unter seinen graublauen Augen lagen tiefe, bläuliche Schatten, in denen sich die Entbehrungen und das Elend der vergangenen Jahre abzeichneten. Es war unverkennbar, dass hier ein Mann war, der durch die Pforten der Hölle gegangen war. Gleichwohl glimmte in diesen immer noch matten Augen ein unverkennbarer Funken von Lebensmut.

Liesel und Hermann im Nachkriegsjahr (Privatfotos)

Liesel schluckte: "Hermann, das Lager, es muss schrecklich gewesen sein."
"Ja", erwiderte er trocken, "ohne eure Unterstützung hätte ich nicht überlebt. Aber davon später. Seit wann ist Hans schon hier?"
Hans spürte, dass man den Schwager nicht so leicht aus seiner Reserve herauslocken konnte und nahm den Ball auf.
"Ich bin schon ein alter Eisenharzer. Ich hatte ja meinen Dienst bei einer Versorgungseinheit bei Neuss. Ich konnte dir noch im Januar schreiben. Hast du diesen Brief noch erhalten?"
Hermann nickte bejahend: "Aber das war der letzte."

Hans fuhr fort: "Ich weiß nicht, inwieweit du informiert bist, aber bei uns in der Gegend gab es ab Anfang Februar sehr schwere Angriffe der Amerikaner und mir war klar, dass unsere Stellung sehr bald in ihre Hände fallen würde. Als Düsseldorf später wieder einmal schwer angegriffen wurde und ich zufällig dort war, riskierte ich es, nicht mehr zurückzukehren. In der Stadt herrschte das Chaos. Ich legte meine Zivilkleider an und durfte annehmen, dass mich bei meinem Alter keiner der Fahnenflucht verdächtigen würde. Ich konnte immer sagen, dass ich bei einem Luftangriff meine Papiere verloren hätte. Das war die Standardlösung und wirklich glaubhaft. Mein Bruder Willi kannte jemanden, der mit einem Lieferwagen in Richtung Süden fuhr und brachte mich bei ihm unter. Ich kam im April hier an und war bei Gott nicht der einzige. Aber ich hatte ja mein Lieselchen hier, die mich mit Freuden

aufnahm. Natürlich habe ich meine Unterkunft hier unter Dach dem guten Harlacher zu verdanken. Wir berichteten dir in Briefen indirekt von unseren diversen Helfern."
Hermann bestätigte das. "Ja, es gab auch die Hilfsbereiten und es wird mir eine Freude sein, sie im Einzelnen kennenzulernen."

Hans fuhr fort: "Wenn du, Männe, dazu in der Lage bist, dann können wir dich jetzt gleich unserem Bauern, Benedikt Harlacher, vorstellen. Er wird dich bereitwillig mitaufnehmen. Er muss schließlich wissen, wer unter seinem Dach wohnt."
"Vielleicht muten wir dir zu viel zu?", zweifelte Liesel. "Du bist sicher ruhebedürftig." Hermann beruhigte seine Schwester: "Keine Sorge. Ich fühle mich durchaus gesund." Er wies auf seine Köfferchen. "Wenn ich mit denen so weit gekommen bin, schaffe ich es auch noch bis zu eurem Wohltäter. Das ist sicher nicht sehr weit. Seine Kühe hört man ja bis hier."

Hans erläuterte: "Das ist die Kuh, die kalben soll. Er ist bestimmt bei ihr im Stall. So eine Niederkunft ist hier eine wichtige Angelegenheit. Ich glaube, die Patientin heißt 'Else'. Er ist mit Sicherheit dort. Lasst es uns versuchen.
Hermann stimmte zu: "Von mir aus heute Nachmittag, aber das Wochenbett von Else kann ich mir nicht entgehen lassen. Ich bin dafür, sofort dorthin zu gehen."

Man erhob sich und ging auf das stattliche Hauptgebäude zu und wandte sich zur linken, hinteren Seite, wo die Stallungen waren. Die Stalltür stand weit offen und von dort schlug ihnen ein warmer, scharfer Dunst entgegen.
Hans erklärte: "Das kommt von dem Güllegraben an der Seite. Da sammelt der Bauer die Exkremente, verdünnt sie und gießt sie dann später über den zu bestellenden Feldern aus. Eine sehr herkömmliche Düngungsmethode."
"Du bist schon ein richtiger Experte, Hans. Vielleicht wird noch ein Landwirt aus dir", sagte Hermann.

Das Haus von Harlacher (Privatfoto)

Aus dem Innern des Stalles kam ihnen der Bauer, der ihre Stimmen gehört hatte, schon entgegen. Benedikt Harlacher kam schnellen Schrittes daher. Er war ein stattlicher Mann von kräftiger Statur. In dem vom Wetter gebräunten Gesicht war das hervorstechendste Merkmal ein Oberlippenbart. Seine hellen Äuglein zwinkerten, als er aus dem Stalldunkel ins Sonnenlicht trat: "Ja, komment se nur herein. Hier drinnen ist es angenehmer als in der Sonne. Da haben die Helmes ja einen Gast mitgebracht."
Liesel und Hans schoben Hermann hervor: "Das ist unser Hermann, von dem wir Ihnen schon so viel erzählt haben. Er ist heute endlich wiedergekommen und wir wollten ihn umgehend präsentieren."
"Freilich, das ist wunderbar", der Bauer schüttelte ihm herzhaft die Hand, "willkommen in Eisenharz! Das muss ich meiner Frau sagen. Die wird Sie gerne zum Mittagessen einladen. Jetzt kocht sie allerdings gerade Marmelade ein. Sie war vorhin noch in der Speis."

Aus dem Hintergrund vernahm man nunmehr deutlich ein anhaltendes, klägliches Muhen. Benedikt Harlacher wandte sich abrupt um und die Blicke aller folgten ihm. Hans meinte: "Das muss die Else sein."

"Heijoh, bald ist es so weit." Der Bauer ging rasch zu der Patientin. Alle folgten ihm und betrachteten das Tier, dass sich im Dunkeln auf seiner Streu wälzte und klagende Laute von sich gab. Benedikt Harlacher warf einen besorgten Blick auf seine Else.
Hans entschied: "Es ist wohl besser, wenn wir jetzt gehen. Wir wollen Sie nicht aufhalten. Meine Frau wird heute Abend beim Milchholen mehr erfahren. Vielleicht ist dann schon alles überstanden."
"Schön wär's. Aber ich bitt' Sie bald wiederzukommen. Meine Frau und ich wollen doch hören, wie es dem Herrn Jülich ergangen ist." Der Harlacher verabschiedete sich, drehte sich zum Mittelgang und schippte Futtergras in die Tröge. Man verließ den Stall. Draußen war nur noch das Rupfen und Schmatzen der Kühe bei ihrem Mahl deutlich vernehmbar.

Nach dem kurzen Gang vom Haupthaus zu der von den Helmes bewohnten Kleinwohnung im Nebengebäude konnte Hermann sich endlich "häuslich" einrichten. Er verstaute seine Habseligkeiten in einem Schrank im Flur. Das dauerte nicht lange, denn er besaß nicht viel.
Inzwischen bereitete Liesel ein Mittagessen vor. Dieses bestand aus Kartoffeln und einer geräucherten Wurst, was Hermann köstlich fand. Hans und Liesel verfolgten andächtig jeden Bissen, den er zu Munde führte und danach mit Hingabe lobte. "Liesel, was du kochst, ist lecker. Ein großartiges richtig schmackhaftes Mittagessen, und dann zusammen mit euch. Ich kann es immer noch nicht fassen. Woher habt ihr all diese Leckerbissen?"
Hans erwiderte: "Hier am Ort ist kein echter Mangel. Es gibt hier Vieh und Hühner, Milch und Eier. Kein Vergleich zu Düsseldorf. Jeder versucht in diesen Tagen, auf dem Land unterzukommen. In den Großstädten hungern viele. Wie ist es dir eigentlich in Düsseldorf ergangen?"
Liesel unterbrach ihren Mann: "Ich glaube, als allererstes sollte Hermann einen Arzt aufsuchen. Nach alldem, was er durchgemacht hat, sollte man ihn gründlich untersuchen."

Hermann verhielt sich zunächst ablehnend und meinte, er fühle sich wohl und das genüge ihm. Er wurde aber überstimmt und Hans versicherte: "Es gibt hier am Ort eine Ärztin, Dr. Etzrodt. Sie hat einen sehr guten Ruf. Auch Liesel war wiederholt bei ihr in Behandlung und wie du siehst, mit schönem Erfolg."

Liesel ergänzte: "Ich glaube, jetzt hat sie Sprechstunde. Du solltest das umgehend machen und hingehen, denn sonst habe ich keine Ruhe."
Hans lachte und fügte nicht ohne Anzüglichkeit hinzu: "Verlass dich darauf. Sie wird auch keine Ruhe geben. Liesel pflegt ihre Anliegen erfolgreich durchzusetzen. Ich kann ein Lied davon singen. Aber sie hat schließlich recht. Geh nur."
Hermann bemerkte scherzhaft: "Ja, unsere Liesel kann auch eine echte Gebieterin und zuweilen ein kleiner Drachen sein. Das ist mir noch erinnerlich. Aber sie regiert gut. Ich strecke die Waffen. Wo wohnt denn die Ärztin?"
Man versicherte ihm, sie wohne ganz in der Nähe und eigentlich sei alles, was man hier im Ort erledigen könne, nicht weit. Hans stand auf und erbot sich, ihm das Haus zu zeigen.

3. Der Besuch bei der Ärztin

Hans und Hermann gingen den schmalen Gartenweg entlang, der sie aus dem Harlacheranwesen hinausführte. Über einen Seitenweg gelangten sie zu eben der Straße, auf welcher sich Hermann von seinen drei Begleiterinnen des Morgens getrennt hatte. Man überquerte die Straße und bog nach einer kurzen Strecke rechts ab, zur Ausfallstraße von Eisenharz in Richtung Matzen, Siggen und Sandraz. Unmittelbar nach der Abbiegung machte Hans vor einem zweistöckigen Gebäude halt und verwies auf eine Eingangstür, welche mit dem Schild "Dr. med. E.Etzrodt" versehen war. Hermann versicherte ihm, er fände problemlos zurück und ging zur besagten Tür, während Hans sich entfernte.

Hermann läutete, hörte Schritte und dann wurde die Tür geöffnet.
Vor ihm stand eine attraktive, braunhaarige junge Frau, sehr adrett mit einer weißen Schürze versehen und blickte ihn fragend an: "Womit kann ich dienen?"

Veronika (rechts) als Kindermädchen im Jahr 1942 (Privatfoto)

"Sie direkt wohl kaum. Ich möchte Frau Dr. Etzrodt aufsuchen."
Sie lächelte ihn ebenso liebenswürdig wie neugierig an: "Die Frau Doktor ist gerade außer Haus und macht bei Patienten hier in der Umgebung Besuche", und sie beschrieb mit ihrer Rechten einen großen Kreis, der wohl das umfassende Wirkungsfeld der Ärztin andeuten sollte. "Aber wenn Sie in zwei bis drei Stunden wiederkommen, wird sie hier sein."
Hermann betrachtete sie mit wachsendem Wohlwollen und verabschiedete sich höflich von ihr. Nach wenigen Minuten war er wieder bei Schwager und Schwester und unterrichtete sie: "Sie war nicht da, dafür aber ihre Sprechstundenhilfe. Ein sehr hübsches, junges Mädchen."
"Ja, natürlich kennen wir sie. Sie ist auch das Kindermädchen bei der Ärztin."

Drei Stunden später fand sich Hermann erneut an der besagten Tür ein und die Sprechstundenhilfe teilte ihm mit, die Ärztin sei zurückgekehrt und er möge doch bitte einen Moment neben dem Sprechzimmer warten. Sie wolle nur die Ärztin unterrichten und diese würde ihn alsbald hereinbitten. Sie lächelte ihm aufmunternd zu und begab sich in den nächsten Raum, von welchem man eine durchdringende, weinerliche Kinderstimme vernahm. Hermann registrierte, dass sie in sehr zärtlichem Ton mit dem Kind sprach, welches sich alsbald beruhigte. Dann öffnete sich die anliegende Tür und eine untersetzte, leicht füllige Frau mit blanken roten Wangen erschien und stellte sich als die Ärztin vor.

"Bitte kommen Sie herein und sagen Sie mir, wer Sie sind. Ich kenne ja eigentlich alle Einwohner hier."
Hermann stellte sich vor: "Ich bin tatsächlich kein echter Eisenharzer. Ich kam heute bei meiner Schwester und meinem Schwager an, den Helmes, die beim Harlacher wohnen." Sie warf ein: "Viele Personen hier am Ort sind keine ursprünglichen Eisenharzer, sondern Evakuierte. Ich schätze, es gibt hier mehr als fünfhundert in dieser Lage. Ich zum Beispiel stamme aus Aachen." Sie warf ihm einen prüfenden Blick zu und meinte dann: "Ich glaube, ich weiß, wer Sie sind, aber ich möchte es gerne von Ihnen selbst hören."
"Mein Name ist Hermann Jülich. Ich stamme aus dem Rheinland, war aber fast zehn Jahre in Nazihaft, zuletzt im KZ-Buchenwald. Ich wollte mich auf meinen Gesundheitszustand hin untersuchen lassen. Aber in erster Linie

will das meine Schwester, Frau Helmes, die Sie ja gut kennen. Eigentlich habe ich nicht den Eindruck, dass mir etwas fehlt."

Bei der Erwähnung des KZs röteten sich ihre Wangen noch heftiger und sie war sichtlich bemüht, eine Welle der Verlegenheit zurückzukämpfen.
"Oh ja, die Frau Helmes hat mir von Ihnen erzählt und ich hoffe sehr, dass Sie diese furchtbare Zeit einigermaßen glimpflich überstanden haben."
Zu dem "ich" und der damit ausgedrückten Hoffnung äußerte er sich nicht, sondern verhielt sich abwartend.
"Haben Sie irgendwelche spezifische Beschwerden?", wollte sie schließlich wissen.
Er verneinte dies und die Ärztin bat ihn, sich bitte 'frei zu machen'.
Sie setzte ihr Stethoskop an, ließ ihn hüsteln und horchte ihn sehr sorgfältig ab. Ansonsten untersuchte sie Hals und Atemwege, ja sogar Ohren, was Hermann ohne weiteren Kommentar über sich ergehen ließ.
Sie wirkte äußerst bemüht, ihm jedmögliche Sorgfalt angedeihen zu lassen. Im Resümee bemerkte sie vorsichtig, sie habe nichts Verdächtiges feststellen können. "Bitte, gedulden Sie sich noch ein paar Minuten. Ich möchte Ihre persönlichen Angaben notieren." Sie fischte aus einer Schublade einen kleinen Bogen heraus und machte sich daran, ihre Aufzeichnungen zu seiner Person ihrer Patientenkartothek einzuverleiben.

Der sorgfältig gespitzte Bleistift zerbrach dabei und es wollte sich kein Ersatzutensil einstellen. Sie ging rasch zur Tür, öffnete diese und rief in den Korridor hinaus: "Veronika, kommen Sie doch einmal. Der Bub hat mir sicher wieder die Stifte gemaust."
Sogleich erschien die hübsche Sprechstundenhilfe abermals auf der Bildfläche und half ihrerseits beim Suchen, wobei sie Hermann wiederum einen freundlichen Blick zuwarf. Aber der Bleistift blieb verschwunden. Sie eilte erneut ins Kinderzimmer, das sich augenscheinlich nebenan befand und kehrte nach kurzer Zeit mit einem Anspitzer und einem zusätzlichen Stift zurück, wobei sie sich entschuldigte, nicht acht gegeben zu haben, als der zweijährige Harald, der Sohn der Ärztin, vorhin kurz im Zimmer gewesen sei.

Die Ärztin meinte seufzend : "Leider stibitzt der Harald öfter etwas hinter dem Rücken. Er sollte besser garnicht hier hereinkommen."

Die mit Veronika Angesprochene versprach, das in Zukunft nach Möglichkeit zu unterbinden. Sie verließ den Untersuchungsraum, wobei Hermanns Augen ihren Abgang verfolgten. Hermann nahm den Faden der Unterhaltung wieder auf: "Sie sind aus Aachen hierher verschlagen worden. Und Ihre Sprechstundenhilfe? Ich höre an ihrem Akzent, dass sie nicht von hier ist. Möglicherweise auch aus dem Rheinland?"
Dr. Etzrodt hob kurz den Kopf: "Ja, da haben Sie richtig gehört. Sie kommt aus meiner Gegend und wir kennen uns von Stollberg her, wo sie für mich arbeitete und wir sind zusammen als Evakuierte hierher gekommen."
Sie hielt inne und ergänzte dann: "Sie ist eine wertvolle Hilfe und macht alles mit Herz und Verstand und die Kinder hängen an ihr. In diesen schwierigen Zeiten war das so wichtig. Jetzt muss ich nur noch alles kurz zusammenfassen."

Hermann nickte bejahend. Sie vervollständigte ihre Einträge und war schon bei den Formalitäten der Verabschiedung, als das Telefon läutete. Sie winkte Hermann entschuldigend zu und bat Veronika, dem Patienten das Geleit zu geben. Diese begleitete ihn zur Eingangstür und entschuldigte sich für die 'Umstände', die der Bub gemacht hätte, fügte aber um Verständnis heischend hinzu: "So sind halt die Buben, meine Brüder waren auch so."
Hermann versicherte, dass er absolut keine Eile habe und sich freue, ihre Bekanntschaft gemacht zu haben.
"Wie war doch ihr Name, liebes Fräulein?"
"Vendt, Veronika Vendt heiße ich."
Er schüttelte ihre Hand, wobei er ihre klaren, grünen Augen unter den schön geschwungenen Brauen aufmerksam betrachtete.
"Also dann alles Gute, Fräulein Vendt."

Er trat versonnen den ihm mittlerweile bereits bekannten Rückweg an.
Hans und Liesel standen vor der Tür neben den Stachelbeersträuchern.
"Na, was hat die Ärztin denn gesagt?"
"Sie hat das bestätigt, was ich schon vorher wusste, nämlich, dass ich gesund bin. Sie hat nichts Verdächtiges gefunden. Sie wusste natürlich nicht so recht, wie sie meine KZ-Haft angehen sollte. Es war ihr sichtlich unangenehm, dass ich im Namen des deutschen Volkes verhaftet worden war und gelitten hatte. Was war denn ihre politische Einstellung im Dritten Reich?"

Hans erklärte: "Sie war keine Nazi und sie hat auch über Liesel Bescheid gewusst und sie sehr gut behandelt. Ihr Mann, ein Richter aus Aachen, war zwar in der Partei, aber er hatte wohl keine Wahl."
"Ja, das habe ich schon öfter vernommen." Hermann begleitete das mit einem kryptischen Lächeln, "Jedenfalls hat sie eine sehr hübsche Sprechstundenhilfe. Sie ist mir angenehm aufgefallen."
Hans wurde ernst: "Schlag sie dir aus dem Kopf. Mit ihr kommst du nicht weit. Die Veronika ist ein sehr anständiges Mädchen, eine der wenigen, die nicht mit der SS poussiert haben."
Hermann meinte abschließend: "Das stört mich nicht. Ganz im Gegenteil."

4. Erste Erzählungen

Erst am folgenden Tag begann Hermann über seine KZ-Erlebnisse zu berichten. Liesel und Hans lauschten angespannt und ließen sich kein Wort entgehen.

Er setzte da an, wo man sich zuletzt gesehen hatte, im Zuchthaus Lüttringhausen, in welchem er nach der Verurteilung vor dem Volksgerichtshof wegen "Vorbereitung zum Hochverrat" im Rahmen des "Katholikenprozesses" im April 1937 zu zwei Jahren Zuchthaus verurteilt worden war. "Wenn ich das so bedenke, dass wir uns am 30. Dezember 1937 das letzte Mal gesehen haben, "sinnierte er. "Wie gut, dass man nicht weiß, was kommt. Ich glaubte damals fest an meine Entlassung am 28.2.1938."

"Du hattest uns sogar im letzten Brief Anweisungen gegeben, wer und wie wir kommen sollten, den Kindern nichts zu verraten und dann sehen, wie sie reagieren, wenn sie ihren Papa nach zwei Jahren endlich leibhaftig sehen." Liesel schritt an eine Schublade und zückte mit einer feierlichen Geste eine hellgrüne Aktenmappe. "Wir haben jeden Brief und jede Karte, die du uns geschickt hast, aufbewahrt. Wir haben immer geglaubt, dass du wieder zurückkommst. Hier ist der letzte Brief aus dem Zuchthaus vom 20.2.1938."

Hermann nahm die Briefmappe an sich und blätterte vorsichtig, um den besagten Brief ausfindig zu machen. "Ich habe nie an euch gezweifelt. Ja, diesen habe ich acht Tage vor der geplanten Entlassung geschrieben. Und dann zählte ich die Stunden. Zwei Tage vor dem Entlassungstermin eröffnete man mir dann, dass ich in Schutzhaft käme. Hattet ihr eine Ahnung, dass ich ins KZ kommen könnte?"

Hans erwiderte: "Wir wollten gar nicht an diese Möglichkeit denken. Allerdings hatte ich die neuen Anordnungen verfolgt. In den Zeitungen wurden am 25.1.1938 neue Schutzhaftbestimmungen veröffentlicht, aufgrund deren man nunmehr volksfeindliche Elemente in Schutzhaft nehmen könne. Allerdings brachten wir es nicht mit dir in Verbindung. Du warst ja im Zuchthaus und hattest einen Entlassungstermin. Aber das Zuchthaus schickte uns dann eine stereotype Mitteilung, dass du als vorbeugende Maßnahme unter Schutzhaft stehen würdest. Nicht mehr als das, nichts über das 'wo' und für 'wie lange'. Man würde uns in Kenntnis setzen. Es lag ihnen vor allem daran, dass die Angehörigen zum Entlassungstermin nicht erscheinen würden."

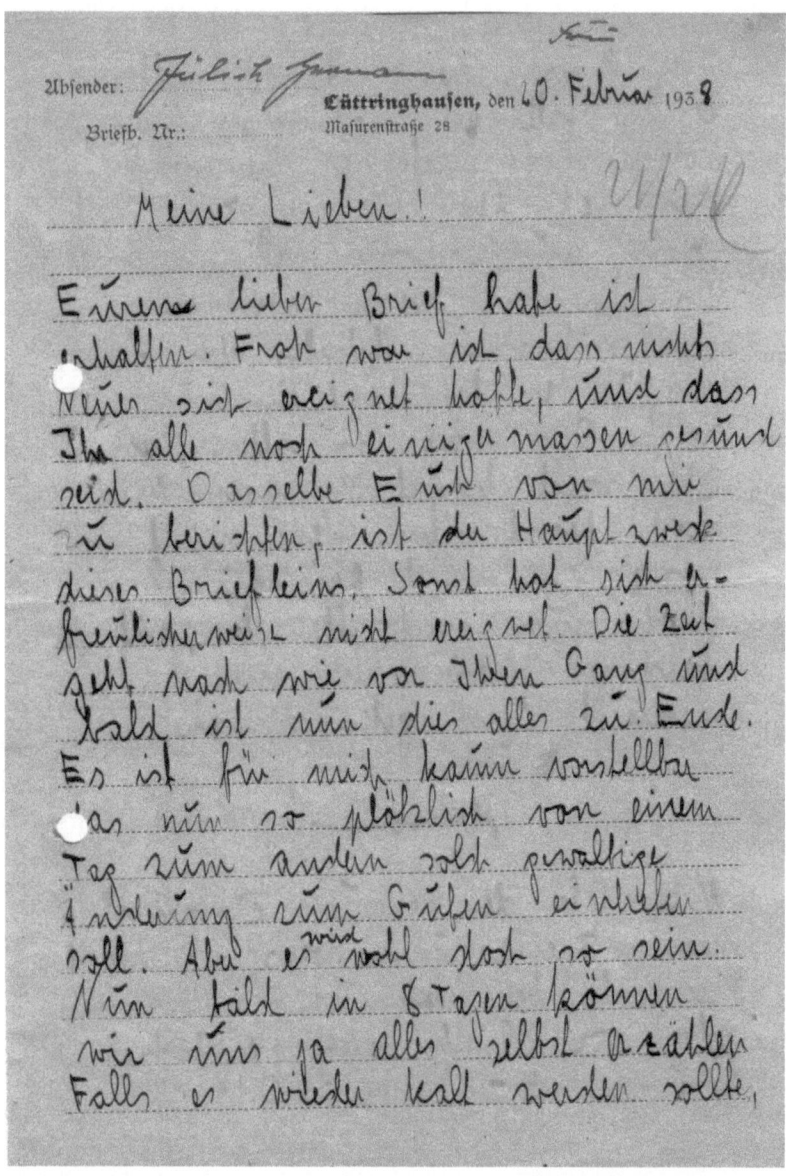

Der letzte Brief aus dem Zuchthaus (Privatkorrespondenz)

Hermann fuhr fort: "Ich wurde also ohne Angabe des Reiseziels abtransportiert. Die Fahrt war eine einzige Qual. Nicht nur aus physischen Gründen, wie Schläge und Beschimpfungen. Ich will jetzt nicht ins Detail gehen. Das Schlimmste war die Ungewissheit. Es war wie ein Fall ins Leere. Bis jetzt hatte ich immer etwas gehabt, an das ich mich mit einiger Sicherheit klammern konnte, an das Befreiungsdatum, an meine Zelle, an meinen ‚Kölschen' Wärter, der mich als Mensch behandelte und für den ich immer noch eine Art Kölner war. Vielleicht lediglich eine Untergattung, aber immerhin gehörte ich zu etwas. Jetzt wurde mir ruckartig der Boden unter den Füßen entzogen. Ich wurde ein Nichts. Ich konnte nicht wissen, ob ihr benachrichtigt worden wart. Vielleicht würde ich schlicht und einfach verschwinden? Alles war denkbar. Ich wurde nach Dachau gebracht zusammen mit anderen Gefangenen, die unterwegs gesammelt worden waren und von denen ich keinen einzigen kannte. Wir wurden durch das Eingangstor von den SS-Wachmannschaften in den sogenannten Schubraum hinein geprügelt. Das war eine grüne Baracke neben dem Appellplatz. Dort mussten wir alle persönliche Habe abgeben. Einem jeden blieb nur eine Zahnbürste und ein Taschentuch. Dann wurden uns die Haare geschoren und wir bekamen die gestreifte Häftlingskleidung. Wenn man Glück hatte, passte sie einigermaßen."
Er hatte stoßweise, mitunter monoton gesprochen, wie ein Unbeteiligter, der durch ein Schaufenster blickt. Jeder Muskel in seinem Gesicht war angespannt und es war klar ersichtlich, dass ihn die Wiedergabe des Vergangenen große Anstrengung kostete.

Jetzt schluckte er und fuhr um einen sachlicheren Ton bemüht, in seiner Erzählung fort: "Ich kann und will mich jetzt nicht an jede Einzelheit erinnern. Jedenfalls konnte ich die besagte Karte, aus der hervorging, dass ich von nun an Gefangener im KZ-Dachau sei, erst zwei Monate später schicken."
Liesel und Hans hingen buchstäblich an seinen Lippen. Liesel sprang bei dem Stichwort "Karte" auf, zog die Korrespondenzakte an sich, wühlte in einem gesonderten Stapel herum und förderte dann das Gesuchte hervor.
"Hier, das ist die erste Karte aus Dachau. Wir versuchten, das Wenige, was du schriebst, zu deuten und zu dechiffrieren. Da war vor allem der Satz 'Es geht mir immer noch gut'. Wir bemühten uns, jeder Kleinigkeit, ja sogar der

kritzeligen Schrift eine geheime Bedeutung abzugewinnen, denn in Wirklichkeit enthielt die Post fast keine Information."

Hermann wurde wieder lebhafter und etwas Farbe kehrte in sein bleich gewordenes Gesicht zurück: "Und ich versuchte mir auszumalen, wie Ihr aus diesen wenigen Zeilen die Hauptsache entnehmen würdet. Die war und blieb natürlich die KZ-Haft selbst. Wir hatten Anweisung bekommen, an die Familie zu schreiben. Der Blockführer erschien in unserem Block, und nach einem Hagel von einleitenden Beschimpfungen brüllte er: 'So, ihr Judenschweine. Jetzt zeigt mal, dass ihr schreiben könnt. Ihr seid ja so gelehrt. Also, ihr schreibt jetzt diese Karten', und er warf einen Stoß auf die nächste Pritsche, 'und darin erzählt ihr, wo ihr seid und wie gut ihr es hier habt.' Unter Androhung einer ganzen Skala von Strafen wurden wir belehrt, dass wir nichts über die Vorgänge im Lager berichten dürften. Wir wussten natürlich, dass die Post durch die Zensur gehen würde. Wie sollte man seinen Angehörigen also nahebringen, dass man sich in Lebensgefahr befinde, ohne es direkt zu sagen? Ich fand dass 'es geht mir immer noch gut' ein deutlicher Wink sei. Später habe ich dann noch einen anderen Weg gefunden, nämlich einen Dritten anzugeben, den ihr mit Sicherheit als mich identifizieren würdet."
Hans fiel ein: "Das war eine wunderbare Eingebung, über einen Dritten namens 'Männe' zu schreiben, dem dies oder jenes zugestoßen war und der sich dies oder jenes erhofft. Es konnte ja keiner wissen, dass 'Männe' unser Spitzname für dich von Jugend auf war. Zum Beispiel, dass 'Männe' jetzt Maurer ist und er entsprechendes Schuhwerk und ein Handbuch für Maurer braucht. "
Hermann fuhr fort: "Ihr könnt euch nicht vorstellen, was diese Briefe für unsereinen bedeuteten. Sie waren die einzige Verbindung zur wirklichen Welt. Wir konnten schließlich nie wissen, ob der Brief wirklich abgeschickt worden war. Manchmal wurde die Post einfach vernichtet. Das Warten auf eine Bestätigung, auf ein Lebenszeichen war eine der größten Qualen in unserem Gefangenendasein."
Liesel bestätigte: "Und für uns war jeder Brief ein Beweis, dass du noch lebtest und dass es Hoffnung gab. Wenn wir eine Weile ohne Post blieben, bekam ich solche Angstzustände, dass ich nicht wusste, was ich machen sollte. Da war manchmal die Mitteilung aus dem Lager, dass du Postsperre hattest."

Hermann nickte: "Die schlimmste dieser Art erfolgte nach dem vom Rath-Attentat am siebten November 1938. Für uns waren die Folgen verheerend. Ich werde euch ein anderes Mal darüber erzählen. Aber wie verlief die Reichskristallnacht bei euch?"
Hans holte tief Luft: "Die Große Synagoge an der Kasernenstraße kennst du ja."
Hermann nickte:"Wenn auch nicht von innen. Ich hatte weder eine Beziehung zu Kirchen noch zu Synagogen. Ich weiß wohl, dass diese Synagoge schon vor den Nazis einmal geschändet wurde. Es hatte mich nicht sonderlich getroffen. Man meinte immer, dass es einen nicht persönlich betraf."

Hans fuhr fort: "Ich habe meine Information von meinem Bruder Willi, der ja in der Partei war. Er kam extra zu uns und warnte uns. Wir sollten besser zuhause bleiben. Es sei etwas im Gange. Wir beherzigten seinen Rat und erfuhren erst am folgenden Tag, was sich zugetragen hatte. Also, an dem besagten neunten November, nachdem vom Rath seiner Verletzung erlegen war, sammelten sich SS und SA-Leute vor der Synagoge. Es war alles von oben organisiert. Man hatte auch die 'HJ' (Hitlerjugend) mobilisiert. Dieser ganze Haufen war mit Äxten, Stangen und dergleichen bewaffnet und sie zogen mit Fackeln vor das Gebäude und zündeten es an. Die Feuerwehr erschien zwar, beschränkte ihre Tätigkeit aber darauf, die Ausbreitung des Brandes auf die Nachbarhäuser zu verhindern. Das war nicht alles. Sie stürzten sich auf jüdische Geschäfte und Privatwohnungen und zerstörten dort, was sie konnten. Ich bat Liesel, auch weiterhin das Haus zu hüten und ging in die Stadt. Was mich noch mehr als die schwelende Synagoge erschütterte, war der Anblick der attackierten Geschäfte und Wohnungen. Da lag das gesamte Hab und Gut von jüdischen Bürgern auf der Straße, Tische, Stühle, zerhackte Schränke, Bücher. Die Passanten machten einen großen Bogen darum. Mancherorts herrschte unverhohlene Schadenfreude. Einige wirkten verschlossen und hatten es eilig weiterzugehen. Viele mögen auch Angst gehabt haben, das Falsche zu sagen. Später habe ich dann auch von Willi gehört, dass so-und-so-viele Juden verhaftet und deportiert worden seien. Dann verstand ich, wie bedroht mein Lieselchen war. Ich musste mich schnell um ihre Papiere kümmern, will heißen, sie zu arisieren."

Liesel fügte hinzu: "Wir verfolgten, was in anderen Mischehen geschah. Es gab den Regierungspräsidenten von Düsseldorf, namens Schmid, der mit einer Jüdin verheiratet war. Vor seinem Haus sammelte sich der Pöbel und brüllte: *'Nieder mit dem Judenschmid, raus mit dem Judenschwein.'* Was dann folgte, war für uns ein Warnzeichen."

"Ja, was passierte dann?" wollte Hermann wissen. "Was mit den Juden geschah, wussten wir Buchenwälder früher als andere. Wir sprechen noch darüber. Wir rätselten aber, was sie mit den Halbjuden vorhatten. Es wurde allgemein angenommen, dass man sich nach dem 'Endsieg' mit ihnen beschäftigen würde. Aber das waren nur Vermutungen und man musste auf alles zu jeder Zeit gefasst sein."

Liesel fuhr fort: "Schmid ließ sich sozusagen freiwillig beurlauben und seine Frau wurde fortan nicht mehr in Düsseldorf gesehen. Sie muss irgendwohin geflüchtet sein. All das gab uns sehr zu denken. Dann wurde in Düsseldorf das Begräbnis von vom Rath feierlich als Staatsakt inszeniert. Am 16. Oktober kam Hitler selbst in die Stadt. Der Zug aus Paris kam am Hauptbahnhof an und dann gab es einen Gedenkmarsch zur Rheinhalle. All das, obwohl der Mann gar kein Düsseldorfer war. Du hattest ja zu dieser Zeit Postsperre und wir hatten die schlimmsten Ahnungen."

Hermann nickte: "Zu Recht. Wir Juden hatten zeitweilig Blocksperre und waren von allem abgeschnitten. Auch die schmal bemessenen Essrationen, die man uns normalerweise zustand, wurden halbiert. Unser Judenblock hätte diese Tage kaum überlebt, wenn nicht die arischen Kumpels, also unsere kommunistischen Kameraden, uns heimlich nachts Essen in Säcken hereingeworfen hätten. Aber das Furchtbare war das, was wir mit eigenen Augen verfolgten, sobald wir draußen waren. Am zehnten November füllte sich der Appellplatz mit neuen Opfern. Man trieb in Scharen die verhafteten Juden durch das Tor. Vor dem Tor staute sich alles. Die da hereinströmten, waren zum Teil blutbesudelt und wieder andere mussten die Leichen der Erschlagenen tragen. Man hatte sie ja wahllos, manchmal von der Straße weg, verhaftet. Da waren Greise und mitunter auch Kinder, die die Blockführer durch einen schmalen Eingang prügelten. Auch einige Kriminelle halfen wacker mit. Da gab es einen Mann, der schon unter den Schlägen zusammengebrochen war, sich aber aufrappelte, seinen Mantel aufriss, auf den Lagerführer Rödl zulief und auf den Orden wies, den er auf

der Brust trug. Das war der Orden 'Pour le mérite'. Rödl hatte keine Ahnung, was das war. Der Mann erklärte ihm, er sei ein dekorierter Weltkriegsflieger und habe diese Auszeichnung im Ersten Weltkrieg erhalten. Er brüllte mit schrecklicher Stimme: 'Sie können mich erschießen, aber schlagen lasse ich mich nicht!' Nun kann auch Rödl vortrefflich schreien, aber irgendwie hatte der Auftritt seine Wirkung nicht verfehlt, denn Rödl ließ ihn beiseite treten und nahm ihn mit. Wir haben gehört, er sei am nächsten Tag entlassen worden. Wahrscheinlich fürchtete Rödl den Zorn Görings, der sich für Juden aus seiner Fliegerstaffel möglicherweise einsetzen könnte. Er soll ja gesagt haben: 'Wer Jude ist, bestimme ich!' Wer dieser Jude wirklich war, weiß ich nicht. Ich glaube es handelte sich um den jüdischen Jagdflieger Fritz Beckhardt, der zusammen mit Göring verwegene Luftangriffe unternommen hatte und im Ersten Weltkrieg abgeschossen worden war. Er überlebte und erhielt zum Dank das Eiserne Kreuz 1. und 2. Klasse und den Königlichen Hausorden von Hohenzollern mit Schwertern. Er war ein Deutschnationaler erster Sorte und soll angeblich bereits im Ersten Weltkrieg Hakenkreuze auf seinen Flugzeugen angebracht haben, was mir eigentlich zu diesem frühen Zeitpunkt schwer verständlich scheint. Er wurde dann später aus dem Lager entlassen, wahrscheinlich auf Anordnung Görings. Aber das sind lediglich Vermutungen meinerseits.
Jedenfalls waren auch die kommenden Tage entsetzlich. Wer nicht selbst geprügelt und gequält wurde, musste all das Grauen miterleben. Da war das Gebrüll der SS, das Gekläff der Hunde, die Schreie der Geprügelten. Und dann der Gestank, der von den Menschen ausging, die unter Durchfall litten und noch in ihren alten Kleidern waren. Es war ein einziges Inferno."

Seine Stimme wurde leiser und seine Gesichtsfarbe bleicher. Seinen Zuhörern war nicht entgangen, welche Wirkung die Wiedergabe seiner Erlebnisse auf ihn selbst hatte und sie drangen in ihn, eine Pause einzulegen: "Hermann, jetzt ist genug und für heute solltest du mit dem Erzählen aufzuhören. Was hältst du davon, wenn du unseren Freund und Beschützer, Hermann Kinkele und seine Familie kennenlernst? Wir sollten sie unbedingt besuchen. Er ist nämlich der Bürgermeister hier und wohnt ganz in der Nähe. Man braucht nur die Straße zu überqueren."

5. Bei Bürgermeister Kinkele

Man war sich einig, dass man als Nächstes dem Bürgermeister von Eisenharz, Hermann Kinkele, einen Besuch abstatten wolle. Man machte sich also am folgenden Tag auf den Weg. Hans erläuterte: "Wir haben Hermann Kinkele viel zu verdanken. Er hat gewusst, dass Liesel keine Arierin war und wir konnten uns von seiner tiefen Abneigung gegen das Regime überzeugen. Er war unbedingt verlässlich und hat Liesel am Ende beim Harlacher untergebracht, der, wie er wusste, auch kein Nazi war. Er hat es außerdem geschafft, den Ort vor der Zerstörung zu bewahren. Du musst dir mal von ihm persönlich erzählen lassen, wie er verteidigungswütige Elemente daran hinderte, im letzten Moment mit Panzerfäusten gegen die heranrückenden Franzosen zu ziehen."

Als sie den Straßenrand der Hauptstraße erreicht hatten, tauchte auf der anderen Seite die Hermann bereits wohl bekannte Sprechstundenhilfe auf. Sie schob einen Kinderwagen vor sich her, wobei sie augenscheinlich mit dem Kleinkind plauderte. Als sie Helmes und ihn bemerkte, hob sie den Kopf und grüßte freundlich. Es erklang ein gegenseitiges 'Grüß Gott', wobei Hermann besonders liebenswürdig den Kopf neigte.

Inzwischen war die Hauptstraße überquert worden und man stand vor dem Anwesen des Ortsvorstehers von Eisenharz, ein zweistöckiges Gebäude, welches im ersten Stock von einer Reihe von Fenstern durchbrochen und einem Garten umgeben war. Vom Gartentor aus war ein vorspringender Erker im Erdgeschoss zu sehen. Hans wies darauf: "Dort befindet sich die sogenannte Amtsstube."
Hermann war beeindruckt: "Ein schönes Anwesen."
Hans fügte hinzu: "Die Eisenharzer drücken das so aus: 'Der Kinkele hat ein Haus mit eingebautem Rathaus'."

Inzwischen waren sie bemerkt worden, und zwar von oben. Eine Dame mittleren Alters mit heiterer Miene, das Haar in der Mitte gescheitelt, hatte die kleine Gruppe gesehen und winkte ihnen einladend mit dem Staubtuch zu. Sie rief: "Gell, das ist schön, dass Sie uns besuchen. I' komm' schon." Es war Kinkeles Ehefrau, von ihren Freunden 'Toni' genannt.

Das Haus der Familie Kinkele (Privatfoto)

Hans öffnete das Gartentor und man betrat den kleinen Vorgarten. Frau Kinkele war in kurzer Zeit unten angelangt und öffnete die überdachte Eingangstür: "Ja mei, die Familie Helmes! Und das ist sicher der Herr Jülich. Kommen Sie herein. Da wird sich mein Mann aber freuen."

Hermann konstatierte bei sich, dass es in diesem Ort keiner besonderen Bekanntmachungen bedürfe. Man durfte die Ankunft von Besuchern als bekannt voraussetzen. Der Bürgermeister war nicht der letzte, zu erfahren, dass der Bruder von Liesel Helmes in Eisenharz eingetroffen war.

Toni Kinkele führte ihre Gäste in ein anliegendes Büro, in welchem sich ihr Mann befand. Vor dem Schreibtisch saß eine hochgewachsene, sehr aufrechte Gestalt. Das längliche Gesicht wurde von glatten dunkelbraunen Haaren eingefasst. Hinter einer schmalrandigen Brille lagen schwarze Augen, die sich ernst auf die Eintretenden richteten. Er trug einen schwarzen Anzug, in dessen Brusttasche ein Schreibstift sorgfältig befestigt war. Vor ihm lag ein Stoß Papiere und daneben ein Amtsstempel. Es war deutlich zu ersehen, dass Kinkele gerade seines Amtes waltete. Aber sowie er seine Besucher erkannt hatte, erhellten sich seine strengen Züge und machten einem gewinnenden Lächeln Platz.

Hermann Kinkele mit seinen Söhnen vor Wunderlichs Haus (Privatfoto)

Hermann und Toni Kinkele mit ihrer Tochter Ursula (Privatfoto)

Bürgermeister Kinkele in seinem Arbeitszimmer (Privatfoto)

Man schüttelte sich allgemein die Hände. Hermann wurde offiziell vorgestellt und Toni Kinkele lud alle in das Wohnzimmer im 1. Stock ein. Sie habe zufällig heute einen Hefezopf gebacken und davon müsse man unbedingt kosten. Ihre Gastfreundschaft war so überzeugend, dass keiner Einspruch erhob.

Kinkele wandte sich direkt an Hermann: "Ich habe schon so viel von meinen lieben Helmesfreunden über Sie gehört und freue mich sehr, Sie jetzt persönlich kennenzulernen. Ich brauche wohl nicht zu fragen, wie das Wiedersehen ausgefallen ist. Ich kann mir vorstellen, wie glücklich Sie sein müssen, wieder mit Ihrer Familie vereint zu sein nach all diesen schrecklichen Jahren. Ich wage es kaum, Sie danach zu fragen."

Er hatte in einem solch aufrichtig warmen Ton gesprochen, dass auch Hermann, der sich generell bei Themen dieser Art zurückhaltend verhielt, darauf willig einging: "Lieber Herr Kinkele, ich hege keine Zweifel an Ihrer Gesinnung. Ihre Taten sprechen für sich. Einiges habe ich bereits von meiner Familie vernommen, aber den Rest werde ich gerne aus Ihrem eigenen Munde hören. Was nun mich persönlich angeht, so fällt es mir manchmal schwer, meine Erlebnisse zu schildern. Aber vielleicht könnte ich ein wenig erzählen, wie es mir nach meiner Befreiung ergangen ist.
Die Amerikaner befreiten ja bekanntlich das KZ-Buchenwald am 11. April. Die Armee des Generals Patton übernahm das Lager und wir Häftlinge erhielten einige Zeit nach Beendigung der Feindseligkeiten die Erlaubnis, nach Weimar zu fahren. Ich habe sofort von dieser Genehmigung Gebrauch gemacht. In Weimar selbst kam ich bei einem Studienrat unter, der mich sehr bereitwillig aufnahm. Er rühmte sich mir gegenüber, schon immer ein Gegner der Nazis gewesen zu sein. Er sei jetzt froh, wieder wie ein anständiger Mensch zu leben. Von den Gräueln im Lager habe er nichts gewusst. Und immer wieder hörte ich von ihm und vielen anderen den wiederkehrenden Satz: 'was wir alles mitgemacht haben - das macht keiner mehr mit uns' oder 'wir sind betrogen und belogen worden'. Damit wollte man sagen, dass eine böse Macht die braven Bürger manipuliert habe und man selber vollkommen unschuldig gewesen sei. Vielleicht hatte er persönlich nichts auf dem Kerbholz. Aber, was die Weimarer im Ganzen angeht, so haben sie mehr als andere Bürger von den Schandtaten und Grausamkeiten der Nazis mitbekommen. Wie oft wurden Häftlinge unter Schlägen durch die Straßen getrieben oder dort vor ihren Augen erniedrigt und geprügelt, wenn sie in Kommandos innerhalb der Stadt Weimar beschäftigt wurden. Das Wenige, was man bei solchen Gelegenheiten von der Lagerealität sehen konnte, war mehr als genug!
Ich hatte in den wenigen Tagen meines Aufenthalts bei diesem Studienrat das Gefühl, dass er mich als Aushängeschild für seine Zukunft benutzen wolle. Er wollte sich sozusagen 'entbräunen'. Ich war dann eigentlich froh, als ich wieder im Lager unter den Kameraden war und wartete nur noch auf die endgültige Entlassung."

Hermann überlegte und legte eine kurze Pause ein. "Wenn ich meine Erfahrungen ganz lapidar wiedergeben müsste, würde ich etwas aus dem Lagerlied von Buchenwald vorbringen: 'Wer dich verließ, der kann es erst ermessen, wie schön die Freiheit ist.' Ich bin jetzt ein freier Mann, genieße jede Minute und blicke vor allem in die Zukunft."

Toni Kinkele hatte derweil ihr Selbstgebackenes ausgebreitet, strich sich die Schürze glatt und setzte sich, wobei sie Hermann ihre volle Aufmerksamkeit schenkte.
Hermann lehnte sich vor und betrachtete den Hefezopf anerkennend. Er schnupperte sogar, sog behaglich den Duft der geflochtenen Kostbarkeit ein und kommentierte: "Liebe Frau Kinkele, so etwas Gutes und Frisches habe ich viele Jahre nicht vor Augen und Nase gehabt. Wenn es so wunderbar schmeckt wie es riecht, dann muss es wahrhaftig schwäbische Ambrosia sein." Jedermann erfasste, dass es sich hierbei nicht um eine oberflächliche, höflichkeitsheischende Schmeichelei, sondern etwas tief Empfundenes und Aufrichtiges handelte. Es war der Ausspruch eines Mannes, der fast zehn Jahre Familie und heimische Küche entbehrt hatte. Für einige Sekunden senkte sich ein bedeutungsvolles Schweigen über die Anwesenden. Toni Kinkele schnäuzte sich, schenkte Hermann einen dankbaren Blick und reichte dann ihren Hefezopf weiter.

Nach dieser kurzen Gefühlsregung verspürte Hermann das Bedürfnis, das Gespräch auf weniger aufwühlende Bahnen zu lenken: "Aber ich bin neugierig und möchte gerne wissen, wie Sie meine Schwester und meinen Schwager überhaupt kennengelernt haben. Ich weiß durch die Briefe, dass mein kleiner Sohn Hans im Allgäu bei Pflegeeltern war. Ich kann mir vorstellen, dass da eine Verbindung besteht."

Liesel schaltete sich kurz ein: "Ja, so ist es. Ich wollte in den Briefen keine Namen nennen. Hans hatte es organisiert, dass Hänschen im Rahmen der Kinderevakuierung bei Pflegeeltern hier in Eisenharz unterkam. Im Mai 1940 begannen die Bombardierungen Düsseldorfs, die sich dann in der Folge mehrten. Es fielen Sprengbomben in Bilk, Flingern und Stadtmitte. Wer konnte, verließ die Stadt. Die Pflegeeltern, die wir ausfindig machen konnten, hießen Bernhard. Das damals achtjährige Hänschen hatte es sehr gut bei ihnen. Das war im Jahre 1941 und deshalb blieb das Kind monatelang dort. Wir besuchten ihn in dieser Zeit und lernten bei dieser Gelegenheit die Kinkeles kennen."

Hans fügte hinzu: "In Eisenharz kamen wir ins Gespräch und stellten fest, dass Kinkeles und noch einige einflussreichere Einwohner der Gemeinde die Nazis verabscheuten. Es waren ihrer nicht viele, mit denen man so offen sprechen konnte. Auch hier gab es die Übereifrigen und ich schätze, dass die Mehrheit der Bürger von der Güte des Nationalsozialismus überzeugt waren. Die Wehrmacht war noch siegreich und Stalingrad lag noch in der Ferne. Trotzdem keimte schon damals in mir der Gedanke, dass man eventuell Liesel aus dem Sichtfeld bringen müsse, denn es sah bereits schlecht genug für die Juden aus. Als arischer Ehemann wähnte ich mich selbst immer noch als genügenden Schutz, aber später mehrten sich die Zweifel in dieser Hinsicht. Jedenfalls sprach ich Herrn Kinkele daraufhin an." Er sah dem Bürgermeister jetzt direkt in die Augen, worauf dieser zustimmend nickte. Hans fuhr fort: "Er ließ mich wissen, dass ich auf ihn zählen könne und dass er hier am Ort Mittel und Wege finden würde, um Liesel zu schützen. Ich habe es zunächst für mich behalten und es erst später mit Liesel besprochen, als auch sie zunehmend unruhiger wurde."

Kinkele erzählte jetzt weiter: "Wir haben uns dann erst im Jahr 1943 in Düsseldorf wieder gesehen. Mir wurde ein sogenanntes, kriegswichtiges Arbeitsfeld übertragen. Ich wurde im April 1943 nach Düsseldorf zum Kriegsschädenamt transferiert, um Fliegerschäden dort zu registrieren und Ersatz für Ausgebombte ausfindig zu machen. Ich kam für aktiven Kriegsdienst nicht mehr in Frage. Ich war damals schon über fünfzig und war wegen einer schweren Bauchverwundung, die ich mir im Ersten Weltkrieg zugezogen hatte, aus dem Wehrdienst entlassen worden. Ich hatte seinerzeit in einem Fußartillerieregiment gedient und vielleicht dachte man, meine damaligen Erfahrungen könnten irgendwie von Nutzen sein. Ich kam aus einer heilen Welt in eine bereits damals schwer bombardierte Großstadt. Ich war einmal vor Jahren dort gewesen und hatte noch das berühmte Opernhaus der Stadt vor Augen. Als ich hinkam, standen nur noch die Fassaden. Bühnenhaus und Zuschauerraum waren vollkommen ausgebrannt und wo einst die Decke dieses prachtvollen Gebäudes gewesen war, gähnte ein riesiges Loch. Der Anblick war gespenstisch. Ich hatte mich natürlich mit der Adresse von Helmes bewaffnet und suchte sie sofort auf. Wir konnten uns rundweg aussprechen und die politische Lage kommentieren. Herr Helmes sagte dann ganz offen, er sei in höchstem Maße beunruhigt, was Liesel anbeträfe. Die sogenannte 'Evakuierung' von Juden war in vollem Gange und man müsste mit allem rechnen. Ein Bruder von Liesel habe ohne Zweifel bereits diesen Weg angetreten."

Hermann hob den Blick: "Ja, meine Familie teilte mir brieflich im Jahre 1942 mit, dass mein jüngerer Bruder Paul von Berlin aus 'evakuiert' worden sei. Nun wusste ich besser als sie, was mit dieser Sprachregulierung gemeint war, denn innerhalb der KZs zirkulierten Menschen und mit ihnen ihre Erzählungen. Aber keiner konnte Genaueres in Bezug auf Paul wissen. Sehr wahrscheinlich ist er ermordet worden. Rein theoretisch ist es möglich, dass er überlebt hat. Natürlich werden wir Nachforschungen anstellen. Momentan ist es schwierig. Vielleicht kann unsere Schwester Paula, die nach England entkommen ist, von dort aus eher etwas erfahren."

Kinkele warf ein: "Jedenfalls gestand mir Hans Helmes, dass die Gestapo in der Vergangenheit an ihn herangetreten war, um ihm die Scheidung zu empfehlen. Er musste täglich damit rechnen, dass sie wiederkäme. Ich war der Meinung, Düsseldorf sei in jeder Hinsicht ein gefährlicher Boden und es wäre eine bessere Lösung ins Allgäu zu fahren und in Eisenharz unterzukommen. Dort könnte ich helfen. Sie würde auch keinen Verdacht auf sich lenken, da auch viele andere den Bombardierungen zu entkommen suchten und sich evakuieren ließen. Eisenharz sei da gerade richtig, da ich die handelnden Personen am Ort wohl kannte und Einfluss nehmen konnte."

Hans ergänzte: "Mir leuchtete das ein und ich schlug vor, mit ihr dorthin zu fahren und dann nach Düsseldorf zurückzukehren. Ich musste schließlich auch mit meiner eventuellen Einberufung rechnen. Ich leitete also unter Anleitung von unserem Freund Kinkele alles in die Wege und fuhr dann mit Liesel im Mai nach Eisenharz. Sein Aufenthalt in Düsseldorf war befristet. Er kehrte dann wirklich im August wieder zurück nach Eisenharz und ich musste ebenfalls den Rückweg antreten. Ich wusste sie in den besten Händen und wähnte sie einigermaßen sicher."

Jetzt war Kinkele wieder an der Reihe: "Im Laufe dieses schrecklichen Sommers in der Stadt geschah noch etwas anderes. Ich lernte einen gewissen Eugen Nassauer kennen. Man sprach so allgemein von den Bombenschäden und mir entglitt eine kritische Bemerkung über die Nazis.

Dieser Mann hatte ein feines Ohr und er beschloss, mir sein Herz zu öffnen. So etwas ist immer ein Risiko, für beide Seiten. Er bedeutete mir, ich solle aber um Gottes willen in Zukunft meine Zunge hüten. Es stellte sich dann Folgendes heraus: Er habe eine geschiedene Ehefrau, die Jüdin sei und sich in tödlicher Gefahr befinde. Sie heiße Elisabeth Klepner. Das war ihr Name vor ihrer Eheschließung gewesen."

Hermann war überrascht: "Ist das nicht eine bekannte Opernsängerin? Sie trat in den Zwanziger Jahren einmal im Admiralspalast in Berlin auf, soviel ich weiß. Ich konnte mir aber zu dem Zeitpunkt die Eintrittskarte nicht leisten."
Kinkele bejahte und schickte sich an weiterzusprechen, aber da klingelte das Telefon im anliegenden Raum. Kinkele erhob sich rasch und kehrte nach kurzer Zeit zurück: "Das war der französische Kommandant. Ich soll zu ihm herüberkommen."

Er wandte sich vor dem Hinausgehen noch einmal an seine Besucher: "Wie ist es? Könnten Sie morgen wiederkommen? Ich kann jetzt leider nicht bleiben. Wenn der Ortskommandant mich bestellt, muss ich gehen."
Die Helmes verneinten. "Morgen können wir nicht, aber du, Hermann?"
Hermann erwiderte bereitwillig: "Ja, ich komme gerne."
Frau Kinkele lud ihn hocherfreut zum morgigen Mittagessen ein: "Aber kommen Sie schon am Vormittag gegen halb elf. Ich mache Spätzle morgen."

6. Eine jüdische Sängerin taucht im Allgäu unter

Am folgenden Tag traf Hermann pünktlich bei Kinkeles ein und nach ein paar einleitenden Begrüßungsworten wurde die Unterhaltung da fortgesetzt, wo man gestern unterbrochen worden war.
Kinkele erzählte die Geschichte der Sängerin Elisabeth Klepner: "Ich erfuhr von Eugen Nassauer, dass seine geschiedene Frau sich jetzt in Düsseldorf aufhalte. Sie war aus Berlin geflohen. Dort ging ein "Osttransport" nach dem anderen ab. Ihre Schwester Lily und ihr Bruder Kurt waren bereits deportiert worden und sie konnte nicht daran zweifeln, dass sich auch ihr eigener Name auf den entsprechenden Listen befand. Sie flüchtete nach Düsseldorf und bat Nassauer um Hilfe."

Hier unterbrach Hermann den Redefluss: "Sie war also Jüdin und war mit einem Arier verheiratet gewesen."
"So ist es", bestätigte Kinkele, "sie hatten 1931 geheiratet und sie war sogar zum evangelischen Glauben übergetreten. 1938 wurde die Ehe geschieden."
"Das gibt zu denken", warf Hermann ein, "denn zu diesem Zeitpunkt wusste man ja, dass ein Jude ohne einen arischen Ehepartner schutzloser war als vorher. Der Fall Helmes beweist dies. Auch ich, der ich mit einer arischen Ehefrau verheiratet war, musste sehr daran interessiert sein, dass sich meine Frau nicht von mir scheiden lassen würde. War es politisches Kalkül seitens des Ehemannes?"

"Das weiß ich nicht", gab Kinkele zu. "Jedenfalls wollte er ihr helfen. Ich war ja auch dazu bereit, gab ihm aber zu bedenken, dass seine geschiedene Frau jetzt unter ihrem Mädchennamen registriert war und ihre jüdische Herkunft auf die Dauer kein Geheimnis bleiben würde. Auch wurde gegen die Juden in Düsseldorf besonders rigoros vorgegangen. Man bediente sich meist der Meldelisten. Die Deportationen wurden als 'Evakuierung', 'Abmeldung' oder 'Auswanderung' kaschiert. Ich gab ihm den Rat, die Papiere von Elisabeth Klepner zu manipulieren, und zwar folgendermaßen: Seine Frau lebe ja bekanntlich unangemeldet in Düsseldorf. Da es zu dieser Zeit bereits nicht wenige Ausgebombte in der Stadt gäbe, könne auch sie sich als solche ausgeben. Ich hatte sehr genaue Informationen zu den betroffenen Wohnungen. Sie konnte angeben, dass sie bei einem

'Terrorangriff', wie man die Bombardierungen damals nannte, ihre gesamte Habe einschließlich ihrer Papiere verloren habe. Außerdem müsse sie einen anderen Familiennamen angeben. Sagen wir einen sehr häufig vorkommenden Namen wie Müller, Koch etc. Dann konnte sie bei der Post einen sogenannten 'Postausweis' erbitten. Hierzu musste ein Passfoto mitgebracht werden. Auf diese Weise konnte sie neue Papiere erhalten ohne das 'J', das sie als Jüdin kennzeichnete. Sowie sie im Besitz dieser Dokumente sei, versicherte ich Nassauer, sei ich persönlich bereit, sie mit mir ins Allgäu zu nehmen und dort als Evakuierte anzumelden. Natürlich war das kein Papier, das einer ernsthaften Prüfung standhalten konnte. Bis ich meinen Posten dort verließ, müsste sie sich abwartend und zurückgezogen verhalten. Will heißen, kein Amt aufzusuchen, keine Lebensmittelkarten zu beantragen und sich so wenig wie möglich in der Öffentlichkeit aufzuhalten. Nassauer besprach den gesamten Plan mit seiner geschiedenen Frau und ich lernte sie daraufhin von Angesicht zu Angesicht kennen. Sie war eine sehr attraktive Erscheinung, blond und blauäugig, sozusagen ein arisches Mustermodell. Das erleichterte die Sache sehr. Sie hatte ein gewandtes Auftreten und verfügte darüber hinaus auch über schauspielerische Fähigkeiten und diese konnten unter den besagten Umständen sehr wohl zur Anwendung gebracht werden. Sie machte anfangs einen sehr niedergeschlagenen Eindruck. Aber nachdem ich ihr mein Vorhaben erklärt hatte, fasste sie wieder Mut und machte sich an die Ausführung. Im August konnte ich ins Allgäu zurückkehren. Ich war sicher, dass meine Frau keinerlei Schwierigkeiten machen würde. Schreiben konnte ich ihr das Ganze ja nicht im Detail. Ich teilte ihr nur mit, dass ich eine Evakuierte aus Düsseldorf nach Eisenharz bringen würde und dass sie sich nach einer Beschäftigung für diese umschauen solle."

Kinkele erzählte weiter: "Elisabeth Klepner hieß jetzt Elisabeth Koch und mit diesem unverfänglichen Ausweis setzten wir uns in den Zug. Auf den Bahnhöfen fanden damals häufige Kontrollen statt. Das galt insbesondere für Soldaten. Für diese interessierten sich die sogenannten 'Kettenhunde', so genannt, weil sie eine zur Uniform gehörende metallene Plakette mit der Aufschrift 'Feldgendarmerie' oder 'Feldjägerkommando' an einer Kette um den Hals trugen. Das war die gefürchtete Militärpolizei. Aber es gab auch zivile Kontrollen, die zum Verhängnis führen konnten. Ich erläuterte ihr jedoch, dass Frauen weniger untersucht würden als Männer, und ein solcher

Brunhildetyp wie sie noch weniger. Ich selbst hatte amtliche Bescheinigungen bei mir und vor allem heftete ich mir das Parteizeichen sehr sichtbar an den Mantelkragen."

Elisabeth Klepner im Zenit ihrer Karriere (Privatfoto)

Hermann beugte sich leicht vor und Kinkele erläuterte: "Ich wäre entlassen worden, wenn ich nicht in die Partei eingetreten wäre, was 1937 geschah. Wenn man mit besagtem Abzeichen dekoriert war, dann ging vieles leichter und das galt auch für Personen in meiner unmittelbaren Begleitung. Frau Klepner war verständlicherweise sehr nervös, insbesondere wenn sich uns irgendein Uniformierter näherte und unsere Fahrkarten sehen wollte. Ich schlug ihr vor, mir Geschichten aus dem Opernrepertoire zu erzählen. Hier war sie auf sicherem Boden und ganz in ihrem Element. Die Atmosphäre entspannte sich ein wenig und man plauderte. Wir konnten uns gar nicht genug tun, die Wagnerische Musik zu loben. Das hörte sich immer gut an. Sie hatte selbst solche Partien gesungen und kannte naturgemäß viele berühmte Namen. Außerdem handelte es sich um ein harmloses, apolitisches Thema. Wir waren erleichtert, als wir spät abends in Eisenharz ankamen. Ich war daran interessiert, dass unsere gemeinsame Ankunft so wenig wie möglich bekannt wurde. Nur meine Frau erwartete uns und hatte bereits ein Gästezimmer im zweiten Stock für Frau Klepner vorbereitet. Frau Klepner verabschiedete sich und ging in ihr Zimmer. Ich saß noch zusammen mit Toni, um alles Weitere gemeinsam zu besprechen."

Toni Kinkele hatte bis zu diesem Zeitpunkt lediglich die Rolle des Zuhörers gespielt. Aber jetzt nahm sie den Faden auf: "Ich war vollkommen einverstanden mit der Initiative meines Mannes. Wir hegten eine tiefe Abneigung gegen die Politik der Nazis. Die Frau des Ortsgruppenleiters hatte mich wiederholt überreden wollen, in die NS-Frauenschaft einzutreten. Da könne man auch als Frau tatkräftig wirken angesichts der Tatsache, dass mein Mann doch Bürgermeister sei. Ich lehnte das wiederholt ab, mit der Begründung, dass ich einfach keine Zeit hätte.
Nun konnte ich auch selbst aktiv werden. Ich hatte nämlich inzwischen einen Platz für Frau Klepner, die jetzt Frau Koch hieß, gefunden. Und zwar in Sandraz, einem kleinen Ort, ganz in der Nähe. Es gab dort einen Bauern, der neben seinem Hof auch eine Gaststätte unterhielt und eine Arbeitskraft suchte. Auf diese Weise würde unsere Evakuierte sowohl eine Bleibe als auch ein Auskommen haben. Nun erfuhr ich, dass sie Jüdin war und es war klar, dass dies keiner herausfinden durfte. Auch unsere Kinder nicht. Die Großen waren damals in der Wehrmacht und unsere kleine Tochter Ursula war erst sieben Jahre alt. Man sprach sowieso nicht über Politik in Gegenwart Dritter. Ich schlug vor, dass ich Frau 'Koch' zu ihrer neuen Heimstätte bringen würde. Das gab ihrer Ankunft einen Anstrich von Belanglosigkeit. Sie würde irgendeine Evakuierte sein, die ein Dach über dem Kopf suchte und sich ihren Lebensunterhalt verdienen würde. Solche kamen jetzt in Scharen ins Allgäu.
 Als Elisabeth Klepner am kommenden Morgen erschien, war schon alles geregelt. Ich machte ihr ein Frühstück und brachte sie dann in Sandraz als Ausgebombte aus Düsseldorf bei einem Bauern namens Prinz unter. Ich schärfte ihr auf dem Weg ein, ihre wahre Identität unbedingt zu verheimlichen. Sollte es Probleme geben, könne sie sich an uns wenden. Ich würde von Zeit zu Zeit vorbei kommen. Der Bauer war sehr erfreut, eine zusätzliche Arbeitskraft zu haben, denn Knechte waren rar geworden und es

ging ihm besonders um die Bedienung in der Gaststätte. Die gutaussehende Frau Koch würde sich sicher als Kellnerin und bei anderen Arbeiten nützlich machen können. Ich kehrte nachdenklich zurück. Eine ganze Weile ging die Sache gut. Sie war als Frau Koch bekannt und keiner wusste Bescheid. Und trotzdem verblieb die unterschwellige Sorge: Was geschieht, wenn die ganze Sache auffliegt, wenn irgendeiner sie wiedererkennt oder Ähnliches?"

Hermann Kinkele schaltete sich ein: "Ich beschloss vorzusorgen und weihte den Ortsgruppenleiter, der trotz mancher Meinungsverschiedenheiten mit mir am selben Strang zog, und absolut kein Rassist, dafür aber ein verlässlicher Freund war, in meine Nöte ein. Für den Fall...
Und außerdem besprachen wir uns mit meinem Schwager, Gustav Schmid vom Bromerhof. Er ist mit der Schwester meiner Frau, Maria, verheiratet und wir kannten ihre Gesinnung. Toni meinte, dass die Schmids möglicherweise bereit sein würden, Elisabeth aufzunehmen, wenn sie nicht mehr in Sandraz bleiben könne. Und in der Tat erklärten sich die zwei sofort dazu bereit."

Frau Kinkele beugte sich jetzt vor und ihre Stimme bebte vor Erregung. "Nach fast einem Jahr passierte es dann. Eines Abends, als unsere Kleine schon im Bett war, klopfte jemand ziemlich heftig an die Tür. Wer da stand, war niemand anders als der Ortsgruppenleiter Wunderlich. Er hatte es sehr eilig und ich rief sofort meinen Mann. Wir gingen alle drei in das Büro und er sprach erst, nachdem wir die Tür geschlossen hatten: 'Hermann und du, Toni, müsst wissen, dass die Gestapo eine Frau Koch in Sandraz sucht. Ich weiß das aus sicherer Quelle. Sie muss dort verschwinden und kann auch nicht hierher kommen'. Mein Mann sah mich an und sagte sofort: 'Wir erledigen das. Danke dir, Carl. Mehr brauchst du nicht zu wissen. In diesen Zeiten ist das besser'. Er verstand und verließ umgehend das Haus.
Mein Mann zog sich seine Jacke an und sagte mir: 'Ich hole sie sofort und dann bringen wir sie im Bromerhof unter. In Isnyberg wird sie keiner suchen. Rufe du mittlerweile Maria an und kläre sie auf.
Er ging nach Sandraz, sagte Frau Klepner Bescheid und riet ihr, sich vom Bauern offiziell zu verabschieden und ihm zu sagen, sie müsse zurück ins Rheinland, da ihre Mutter schwer erkrankt sei. Man habe in Eisenharz angerufen. Sie kam dann mit ihm und noch in derselben Nacht brachten wir

sie zum Bromerhof nach Isnyberg. Ob die Gestapo weitergesucht hat, ist uns nicht bekannt. Ich weiß nur, dass Wunderlich einige Male Papiere dieser Art verschwinden ließ oder nicht weiterleitete.
Isnyberg liegt ein wenig abseits. Mein Schwager hat dort einen Bauernhof und in seinem mehrstöckigen Haus ist Raum genug. Mit der Landwirtschaft klappte es nicht so sehr und deshalb unterhält er auch einen Pensionsbetrieb, für den er als 'Urlaub auf dem Bauernhof' warb. Dieses 'Berghotel Bromerhof' hat ein Dutzend Gästezimmer. Fremde Gesichter würden dort kaum auffallen. Deshalb hatten wir auch Frau Klepner in der besagten Nacht unbemerkt zu ihm bringen können. Nun, da sie auf dem 'Bromerhof' untergebracht war, sahen wir sie häufiger, denn sonntags machten wir des öfteren einen Besuch bei ihnen."

Hermann hörte sehr aufmerksam zu: "Ich habe immer gedacht, dass man sich leichter in Großstädten verstecken kann als ausgerechnet in einer kleinen Gemeinde, wo jeder jeden kennt. Aber gerade Letzteres kann schließlich auch von Vorteil sein. Sie, Herr Kinkele, kannten die Hauptfiguren im Ort, einschließlich deren politische Einstellung. Sie glaubten, sich auf Gesinnungsfreunde verlassen zu können. Sie sind eben ein echter Einheimischer, wahrscheinlich seit Generationen hier ansässig und kannten sich folglich aus."

Hier fiel ihm Hermann Kinkele ins Wort: "Ich bin eigentlich kein echter Eisenharzer. Ich wurde in Rexingen geboren und war dort Bürgermeister wie auch mein Vater vor mir. Und hier ist ein Punkt, welcher Sie interessieren wird. In Rexingen gab es nämlich eine nicht unbeträchtliche jüdische Gemeinde, etwa ein Drittel der Gesamtbevölkerung. Es handelte sich vor allem um sogenannte 'Landjuden', die zum größten Teil im Viehhandel und Gewerbe tätig waren. Rexingen unterhielt auch einen Männergesangverein, der sich 'Eintracht' nannte. Dieser Name war insofern vollkommen gerechtfertigt, als sich dort Juden und Nichtjuden trafen und einträchtig miteinander sangen. Ich hatte diese Vereinigung übrigens 1919 ins Leben gerufen und nannte die Gruppe oft den 'Koscher-trefen Verein'."

An diesem Punkt tauschten Kinkele und Hermann ein verstohlenes Lächeln des gegenseitigen Verständnisses aus. Kinkeles Wortschatz bezeugte eine tiefere Kenntnis des jüdischen Ritualsystems. Bedeutete doch 'koscher' rituelle Reinheit der Speisen und 'trefe' das Gegenteil. Hermann lehnte sich mit gesteigertem Interesse vor.
Kinkele fuhr fort: "Ja, ich kannte mich gut bei den Rexinger Juden aus und im Übrigen, war und bin ich ein leidenschaftlicher Sänger bis zum heutigen Tage. Aus diesem Grund schon hat mich das Schicksal der Frau Klepner, die seit der Machtübernahme der Nazis nicht mehr auftreten konnte, sehr berührt. Aber es gab natürlich auch rein politische Motive für meine Handlungsweise und diese spielten letztlich wohl die Hauptrolle."

Hermann wäre gerne auf eben diese näher eingegangen, aber inzwischen war es dafür zu spät geworden. Die Spätzle forderten ihr Recht. "Ein anderes Mal", bestimmte Kinkele. Nach der gemeinsamen Mahlzeit verabschiedete sich Hermann mit Dankesworten und trat den kurzen Heimweg an.

7. Ein Spaziergang mit Veronika

Als er am folgenden Tage im Begriff war, die Hauptstraße zu überqueren, bog eben eine ihm bereits bekannte Frauengestalt mit Kinderwagen um die Ecke. Es war die vertraute Gestalt der jungen Sprechstundenhilfe von Dr. Etzrodt. Sie schob einen weißen Korbwagen vor sich hin und summte eine bekannte Melodie: "Maikäfer, flieg ..." Sie trällerte sehr melodisch, was Hermann, der selbst gerne sang, angenehm berührte. Hermann trat auf sie zu und sprach sie an: "Einen schönen guten Tag, Fräulein Vendt, wenn ich mich recht erinnere?"
Die Angesprochene hielt einen Moment inne und erwiderte den Gruß: "Grüß Gott, Herr Jülich."
"Das ist wirklich wunderbares Ausgehwetter. Keine Wolke am Himmel."
Sie bestätigte das lächelnd und erkundigte sich nach seinem Befinden. Er ginge sicher öfter spazieren.
Er erwiderte im Plauderton: "Ich bin dabei, mich hier zurechtzufinden und muss noch alle wichtigen Örtlichkeiten kennenlernen. Beim Bürgermeister war ich schon. Die Kirche habe ich noch nicht besichtigt. Aber Zeit habe ich ja. Wo gehen Sie denn mit Ihrem Schützling hin? Das ist wohl nicht der Harald?" Er wollte seine Kenntnis der Familienverhältnisse demonstrieren und beugte sich zu dem Kleinkind hinunter.
Sie hatte das Empfinden, dass er mit ihr ins Gespräch kommen wollte und ging bereitwillig darauf ein: "Aber nein, der Harald ist größer und ist zu Hause geblieben. Der Kleine hier ist ein halbes Jahr alt und heißt Alfred. Wenn man mit ihm spazierengeht, schläft er meist ein und hat dann später umso größeren Appetit. Die frische Luft tut ihm gut."
"Ja, auch mir würde es nicht schaden, mich in dieser malerischen Umgebung ein wenig zu ergehen. Darf ich Sie ein kleines Stück begleiten?"

Das wurde ihm gestattet und so schritten sie im heiteren Unterhaltungston am Harlacher Anwesen vorbei, bis man einen Aussichtspunkt erreicht hatte, der einen wunderbaren Ausblick auf die Voralpen bot. Hier machten sie halt. Das Baby schlummerte bereits und sie wies auf die verschiedenen Bergkuppen und erläuterte ihm das Panorama. Sie begann aufzuzählen: "Sehen Sie, das ist der 'Hochgrat', dann kommen das 'Rindalphorn' und der 'Stuiben'."

Hermann hörte ihr aufmerksam zu. "Ich konnte dem Gespräch mit der Frau Doktor entnehmen, dass auch Sie ein Kind des Rheinlands sind. Man hört es natürlich sofort, dass Sie keine Schwäbin sind."
Sie bejahte und erzählte, dass sie in der näheren Umgebung von Jülich, in einem Dorf namens Koslar, unweit der Rur geboren und aufgewachsen sei. Sie habe aber im Haushalt gearbeitet, insbesondere bei Familien mit Kindern. Zuletzt bei Dr. Etzrodt, in deren Begleitung es sie hierher verschlagen habe.

Es gefiel ihm, dass sie ein gutes Deutsch sprach und er kam auf ihren Geburtsort zurück. Er sinnierte: "Wie merkwürdig, dass Sie bei Jülich geboren sind. Sehen Sie, mein Familienname ist Jülich und das hat seine Bedeutung. Ich bin Jude, was einer der Gründe für meine Verhaftung und meine KZ-Haft ist. Meine Vorfahren stammen mit Sicherheit aus dieser Gegend. Vielleicht kamen sie sogar mit den Römern. Jülich war ja eigentlich eine römische Siedlung namens Juliacum, an der alten Römerstraße in Richtung Köln. Warum hieß also einer meiner Ahnen 'Jülich'? Das hat mit dem Umstand zu tun, dass Juden ihre Familiennamen häufig auf Grund ihrer Herkunft erhielten. Ich besitze zwar keine belegte Ahnentafel, aber innerhalb der Familie wurde gesagt, dass dieser Zweig der Jülich seit langer Zeit in der Gegend zwischen Rhein und Sieg und überhaupt im Rheinland lebten. Vielleicht war damit auch im weiteren Sinne das Herzogtum Jülich gemeint. Mein Großvater wurde in Siegburg begraben. Irgendwann, vor 200-300 Jahren, muss einer meiner Vorfahren aus Jülich selbst oder der weiteren Umgebung in jene Gegend gekommen sein und wurde dann 'der aus Jülich' genannt. Abgekürzt entstand daraus 'Jülich', so wie ein 'Berliner' usprünglich von Berlin in eine neue Ortschaft gekommen war. Vielleicht haben sich die Wege unserer Ur-ur-ur-Großeltern einmal, vor langer Zeit, an den schönen Ufern der Rur gekreuzt."

Der Ausdruck ihrer klaren, grünen Augen vertiefte sich. Hermanns kühner Gedankenflug schien sie zu fesseln. Dieser Herr Jülich war wirklich ein geistreicher und unterhaltsamer Mann.
Sie überlegte flüchtig und sagte dann: "Das klingt sehr interessant. Ich wusste nicht, dass ein Familienname überhaupt eine Bedeutung hat. Ich dachte nie darüber nach. Bei uns in Koslar gab es zwei jüdische Familien,

die Cahns und die Lehmanns. Lehmanns gibt es viele. Cahn ist wohl etwas Jüdisches, aber es wurde nie über so etwas gesprochen."

Hermann wollte wissen, was aus diesen Familien geworden war. Darüber hinaus war er besonders neugierig zu erfahren, was sie über dieses Thema dachte.
"Also, ich kannte persönlich nur die Lehmanns. Sie hatten eine Metzgerei und ich wurde so manches Mal dorthin geschickt, um eine Wurst oder Ähnliches zu kaufen. Herr Lehmann war Metzgermeister, ein alteingesessener Koslarer. Am Handwerkertag war er mit dabei, in voller Montur, weißem Kittel und schwarzer Krawatte und ließ sich mit anderen fotografieren. Ein fülliger Mann, mit rundem Gesicht und kleinen Schweinsöhrchen. Wir Kinder fanden, dass es irgendwie zu ihm passte." Sie kicherte ein wenig, wurde dann aber wieder sehr ernst und fuhr fort: "Sie gehörten zum Dorf. Aber als die Nazis richtig Fuß gefasst hatten, änderte sich das. Eines Tages kehrte meine Mutter von der Metzgerei zurück und sagte: 'Es gibt Leute, die den Lehmanns nicht ihre Schulden bezahlen. Das habe ich heute erfahren. Und das, weil sie Juden sind und ihre Gelder nicht zurückfordern können. Ich finde das schändlich, deren schlimme Lage auszunutzen. So etwas tut ein anständiger Mensch nicht'."
"Und dann?"
Die Frage hatte einen schärferen Unterton und dieser war ihr nicht entgangen. Worauf wollte er hinaus? Ob irgend jemand etwas zugunsten der Lehmanns unternommen hatte, oder was ganz spezifisch das Schicksal dieser jüdischen Familie gewesen war? Aus diesem Grunde zögerte Veronika ihre Antwort ein wenig hinaus. Schließlich sagte sie: "Nach der Kristallnacht, als ich schon außer Haus arbeitete und nicht mehr am Ort war, wurde die ganze Familie und auch die Cahns eines Nachts verhaftet. So erzählte man mir. Daraufhin wurden sie in Koslar nie wieder gesehen. Wahrscheinlich hat man sie in ein Lager gebracht und dann ..." Sie ließ die Schultern sinken: "Also, ich weiß es nicht."
Hermann half ihr weiter: "Und dann wurden sie auf die eine oder andere Art und Weise umgebracht. Mit größter Wahrscheinlichkeit war es so."
Sie ließ eine winzige Pause eintreten und fragte dann in gedämpftem Tonfall: "Ich würde gerne wissen, wie es Ihnen und Ihrer Familie in dieser schrecklichen Zeit ergangen ist. Eigentlich fürchte ich mich ein wenig, diese Frage zu stellen, weil ich Angst vor der Beantwortung habe."

Seine Gesichtszüge verkrampften sich und er wich zuerst ihrem Blick aus. Dann nickte er langsam. Ihre Ehrlichkeit war entwaffnend und verdiente eine offene Antwort: "Zu Recht. Sehr viele Juden müssen in Bezug auf das Schicksal ihrer Lieben mit dem Schlimmsten rechnen. In der Gesamtbevölkerung interessiert das nur wenige. Erst einmal haben die Menschen jetzt viel mit dem täglichen Überleben zu tun. Aber auch ein allzu schlechtes Gewissen hält die meisten von solchen Fragen ab. Mein jüngerer Bruder Paul wurde in Berlin verhaftet und man hat nie wieder von ihm gehört. Ich konnte noch nichts Definitives erfahren, aber auf Grund meiner Kenntnisse über die Vernichtungslager bin ich ziemlich sicher, dass er dort umgekommen ist. Meine Mutter starb früh eines natürlichen Todes. Mein Vater nahm sich das Leben in Wien, weil er Künstler war und als Jude keine Chancen für sich sah. Meine Schwester Paula konnte rechtzeitig nach London entkommen. Was aus Cousins und Cousinen väterlicherseits geworden ist, kann ich nur mutmaßen. Und zwar nur das Schlimmste. Meine Schwester hat seit Jahren nichts mehr von ihnen gehört. Und ich habe Gefängnis, die KZs Dachau und Buchenwald überlebt, nicht zuletzt dank der Hilfe meines Schwagers Hans Helmes. Diesen Teil kennen Sie vielleicht."

Die Geschwister Jülich – von links nach rechts: Paul, Hermann, Liesel und Paula (Privatfoto)

Veronikas Augen verschleierten sich: "Ja, in der letzten Zeit, nach Kriegsende, hörte ich einiges, aber vorher wurde allgemein über Politisches geschwiegen. Man konnte schließlich keinem trauen. Hier in Eisenharz kannte ich natürlich Ihre Schwester, ohne zu wissen, dass sie Jüdin war."

Er wechselte das Thema: "Das war selbstverständlich beabsichtigt. Der Bürgermeister war im Bilde und Harlacher auch. Aber sagen Sie mir, wie verhielt sich der Ort generell unter den Nazis?"
Veronika überlegte: "Ich kam erst Mitte 1944 hierher und was vorher war, weiß ich lediglich vom Hörensagen. Die Religion spielte hier eine größere Rolle als in den Städten. Eisenharz ist katholisch und ich übrigens auch. Pfarrer Presler galt allgemein nicht als Nazi. In Eisenharz gab es auch Religionsunterricht, aber nicht im Schulgebäude. Bei kirchlichen Prozessionen pflegte man Parteiabzeichen in die Tasche zu stecken. Es gab hier zwar die Hitlerjugend, aber keine BDM, wie zum Beispiel in Koslar. Ich glaube, dass Kinkele hinter diesen Dingen stand."

Hermann nickte bestätigend: "Die Nazis wollten keine anderen Götter neben sich haben." Sie hob leicht verwundert ihre schön geschwungenen Brauen ob dieses geistvollen Bonmots und wartete weitere Erklärungen ab, die auf dem Fuße folgten.
"Natürlich hatte die Partei eine heftige Abneigung gegen kirchliche Riten, besonders die katholischen, für welche letztlich der Papst in Rom stand. Goebbels nannte das 'römisches Treiben'. Keiner sollte mit dem Führer konkurrieren. Aber lasst uns auf Eisenharz als Ort zurückkommen. Es wird hier auch einige echte Nazis gegeben haben."

Sie erwiderte: "Es gab zum Beispiel die Frau des Ortsgruppenleiters, die sich als erklärte Nationalsozialistin gab. Sie war in der NS-Frauenschaft, der die Frau des Bürgermeisters nicht beigetreten war. Sie hatte vier Söhne. Drei davon sind gefallen und sie soll tatsächlich gesagt haben: 'Die gab ich für meinen Führer.' Der vierte soll in russischer Gefangenschaft sein. Sie erhielt auch das Kriegsverdienstkreuz Zweiter Klasse."
Hermann warf trocken ein: "Das hat sie sich redlich verdient. Es wird ihr aber heutzutage kaum mehr von Nutzen sein."

Sie zuckte die Schultern: "Die meisten haben kurz vor dem Einmarsch der Franzosen solche Ab- und Auszeichnungen weggeworfen. Besonders Adschebilder (Adolf Hitler Bilder), und an der Wand blieben weiße, leere Flecken."
Hier wurde sie von Hermann unterbrochen: "Über die letzten Kriegstage und die Ankunft der Franzosen hätte ich gerne mehr gehört. Ich interessiere mich sehr für Geschichte und für Zeitgeschichte im Besonderen."

Aber man musste an diesem Punkt abbrechen, denn bei ihrer angeregten Unterhaltung hatten sie kaum bemerkt, dass sie einen weniger ausgetretenen Weg eingeschlagen hatten. Er wurde zunehmend hügelig und als der Kinderwagen über eine Wurzel holperte, wachte der Säugling auf und begann anhaltend zu wimmern. Veronika beugte sich über ihn und versuchte, ihn mittels eines Schnullers und tröstender Worte zu beruhigen. Eine Fortsetzung des Gesprächs schien nicht geraten und man beschloss, sich für heute zu verabschieden. Ehe das geschah, bat Hermann, ihre Konversation sehr bald fortzusetzen und man verabredete sich für den kommenden Tag.

8. Die Franzosen kommen

Beim nächsten Zusammentreffen bat Hermann um einen Bericht über die Einnahme von Eisenharz durch die Franzosen. Veronika erzählte ihm, was sich im Ort in jenen Apriltagen ereignet hatte. Aus ihren Beobachtungen, wie auch aus Kinkeles und Harlachers Erzählungen, zeichnete sich folgendes Bild ab:

Anfang April 1945 waren schon bedeutende Reichsgebiete in den Händen der westlichen Alliierten und die sowjetischen Streitkräfte näherten sich Berlin. Am Abend des ersten April, dem Ostersonntag, wurde im Rundfunk eine Rede von Propagandaminister Goebbels durchgegeben, in der er die deutsche Bevölkerung aufforderte, jede Form des Widerstandes gegen die heranrückenden Truppen anzuwenden. Insbesondere aber, sich der "Freischärlerbewegung Werwolf" in den bereits besetzten Gebieten Deutschlands anzuschließen: "Für die Bewegung sind jeder Bolschewist, jeder Brite und jeder Amerikaner auf deutschem Boden Freiwild. Wo immer wir eine Gelegenheit haben, ihr Leben auszulöschen, werden wir das mit Vergnügen und ohne Rücksicht auf unser eigenes Leben tun. Hass ist unser Gebot und Rache unser Feldgeschrei."
Der "Werwolf" hatte vor allem "Kollaborateure" im Auge und fertigte sogenannte "schwarze Listen" von Deutschen an, die im Verdacht standen, dem Feind die Kapitulation anzubieten. Kinkele kannte die führenden Personen des Verwaltungsapparates in der näheren Umgebung und pflegte seine persönlichen Kontakte zu den entsprechenden Partnern in Wangen. Auf diese Weise hatte er Informationen über Werwolf-Verdächtige und andere Aktivisten im Ortsumfeld gesammelt, die er überwachen ließ. Außerdem fühlte er bei den im Allgäu befindlichen Fremdarbeitern vor, in wieweit er zu gegebener Zeit Kontakte zu den heranrückenden Franzosen aufnehmen könnte. Er kannte das Schicksal des Aachener Oberbürgermeisters Franz Oppenhoff, welcher im März desselben Jahres durch jugendliche Werwolfangehörige ermordet worden war, weil er im September 1944 Aachen den Amerikanern übergeben hatte. Es war Kinkele bewusst, dass er sich auf diese Weise auf ein höchstgefährliches Doppelspiel einließ.

Man muss in Betracht ziehen, dass Eisenharz zu diesem Zeitpunkt von den verschiedensten Personengruppen durchflutet wurde. Zum Ersten gab es Evakuierte aus den näheren und weiter entfernten Großstädten. Aber auch Wehrmachtssoldaten und SS-Angehörige fanden sich mehr und mehr im Allgäu ein. Die Verteidigung der deutschen Seite lag auf den Schultern von zusammengewürfelten Einheiten von Wehrmacht, d.h. improvisierten Festungseinheiten, Versprengten anderer aufgelöster Verbände, sowie dem Zollgrenzschutz. Der Mangel an Material war gravierend und alles in allem fehlten diesen Einheiten die Fähigkeit und auch der Wille, ernsthaften Widerstand zu leisten.

Nicht wenige Soldaten desertierten und suchten Unterschlupf auf den Heuböden der Bauern. Hinzu kamen bekannte Nazis, die einfach untertauchen wollten und sich mitunter eine neue Identität gaben. Man sprach über sie hinter vorgehaltener Hand als von den "Goldfasanen", Parteigrößen, die vordem mit ordensbehängter Brust einherstolziert waren und sich bereichert hatten. In manchen Scheunen hausten ehemals Verfolgte und Verfolger in buntem Kunterbunt beieinander und den meisten war lediglich der Wunsch gemein, irgendwie durch diese Endzeit zu kommen.

Aber noch lebte Hitler. Er ließ Anweisungen ergehen, einen Kampfverband aus Wehrmachtsresten, Volkssturm und Grenzbataillonen mit dem Namen "Alpenfestung" aufzustellen, um einen möglichen Vormarsch der Alliierten zu verhindern. Im Rahmen dieser Maßnahmen wurden Einwohner von Eisenharz ebenfalls zur "Verteidigung" herangezogen.
Die Molkerei Wunderlich verfügte beispielsweise immer noch über rüstige Männer, die man zu wehrhaften Aufgaben heranziehen konnte. Der Molkereimeister Maucher war ein solcher Fall. Er war als "uk" eingestuft worden und galt somit als "unabkömmlich" für den Wehrdienst, da er die Fäden der Milch- und Molkereiproduktion in der Hand hielt. Das hinderte die Parteiorgane allerdings nicht, ihn nach getaner Arbeit zum Volkssturm einzuziehen. Hierbei wurden Männer zwischen sechzehn und sechzig erfasst, die nicht in der Wehrmacht dienten. Meist trugen sie keine Uniform, sondern waren lediglich mit einer weißen Armbinde versehen, auf denen die schwarze Aufschrift "Deutscher Volkssturm - Wehrmacht" prangte. Maucher musste also des Abends die besagte Volkssturmbinde anlegen und durch den Ort streifen, um die Verdunkelung zu überprüfen. Er entledigte

sich dieser Arbeit betont lässig und wurde von einem Übereifrigen mit Denunziation bedroht: "Da gibt es ja noch Licht in der Scheune von dem Harlacher und du hast das nicht gemeldet!" Maucher, der sich durch die indirekte Unterstützung von Wunderlich, dem Ortsgruppenleiter, gedeckt wusste, wechselte zum Gegenangriff über: "Schämst du dich nicht, mir mit so etwas zu kommen? In diesen schweren Zeiten", wobei er natürlich offen ließ, was er im Einzelnen damit meinte. Die Sache blieb auf sich beruhen und Maucher konnte sich damit begnügen, die Einwohner in einzelnen Kellern in Gasmaskenanwendung zu unterweisen.

Inzwischen hatten die französischen Streitkräfte am 21. April Stuttgart eingenommen und rückten immer näher an das Allgäu heran. Französische Panzereinheiten konnten fast ungestört vorrücken und den Weg für die ihr folgende Infanterie öffnen. Am 24. April kam der französische Vormarsch wegen Versorgungsschwierigkeiten fast zum Stillstand, bis die Amerikaner mit weiterem Treibstoff und Nachschubgütern aushalfen.

Derweil lebten die Einwohner der näheren Umgebung in Höchstspannung und harrten des Kommenden. Die SS patrouillierte des öfteren durch Eisenharz und war nach Hitlers Devise "Der Soldat kann sterben, der Deserteur muss sterben" auf der Jagd nach Fahnenflüchtigen. SS-Offiziere bezogen auch in Eisenharz Quartier. Noch war die NSDAP im Besitze vieler Machtpositionen und alles war möglich. Etliche Fememorde wurden auch in der näheren Umgebung begangen: Am 22. April ließ der Werwolf-Führer für Südbaden, Heinrich Perner, den Pfarrer Willibald Strohmeyer erschießen, weil dieser die Bevölkerung aufgefordert hatte, weiße Fahnen zu hissen und die Dörfer und Städte im Münstertal den anrückenden französischen Truppen kampflos zu übergeben.

Eben das Letztere hatte Kinkele für Eisenharz im Sinn. Sofern es Ortsbewohner gab, die noch an den Endsieg glaubten, so verringerte sich deren Zahl von Tag zu Tag. Die französischen Bodentruppen waren ganz in der Nähe und täglich erschienen Tiefflieger, um die Umgebung zu sondieren. Vereinzelt wurde auch geschossen. Am 25 April begab sich der Lastwagenfahrer Johann Amann aus Haizen auf seinen Weg zur Arbeit und verlud Milch, um sie zur Molkerei zu transportieren. Als er nur wenige Kilometer von Eisenharz entfernt war, wurde er von einem der Tiefflieger im Weiler Gründels ins Visier genommen und kurzerhand erschossen. Den Einwohnern wurde klar, dass auch sie sich in allerkürzester Zeit in der Kampflinie befinden würden.

Auch war die Befürchtung nicht grundlos, dass die Alliierten den Versuch machen würden, das Munitionsdepot im nur wenige km entfernten Urlau zu eliminieren, in dem geheime Bestände von Granaten mit hochtoxischen chemischen Kampfstoffen lagerten. Wie geheim auch immer, so war dieser Umstand inzwischen auch den Alliierten bekannt geworden. Eines Tages kehrte die neunjährige Ursula, Kinkeles Jüngste, mit kleinen Papierstreifen, die sie unterwegs gefunden hatte, nach Hause: "Guckt mal, was wir draußen auf der Wiese gefunden haben." Dann las sie laut vor: "Urlau im Wald, wir finden dich bald." Die Kleine fragte verängstigt: "Was finden sie bald?" Die Kinkeles beruhigten ihre Tochter, indem sie diese mit verharmlosenden Erklärungen abspeisten. Sie selbst und viele andere mussten sich aber mit der quälenden Frage auseinandersetzen, was wirklich passieren würde, wenn das Depot bombardiert würde. Naturgemäß wusste keiner Genaueres über den Gefährlichkeitsgrad des dort gelagerten Materials, aber man musste mit allem rechnen.

In den letzten Tagen vor Ankunft der Franzosen sah man nur wenige auf den Straßen von Eisenharz. Das große Aufgebot von SS-Offizieren und ihren Truppen erließ Ausgehverbote. Die Dorfbewohner waren auch vorher politischen Gesprächen in der Öffentlichkeit aus dem Wege gegangen. Man politisierte abends im 'Kämmerlein'. Auch dies natürlich nur in Gegenwart von Gleichgesinnten. Wenn von dem 'Morgen' die Rede war, vermieden die meisten das Wort 'Befreiung', sondern sprachen vom 'Zusammenbruch' oder sagten einfach 'Es ist zu Ende'. Aber das Herzstück war und blieb: Wie würde das 'Ende' in Wirklichkeit aussehen? Würde Eisenharz kampflos übergeben werden, der Zerstörung entgehen oder würden in allerletzter Minute fanatische Nationalsozialisten die heranrückenden Franzosen zu bekämpfen suchen und dann könnte der Ort noch kurz vor Zwölf in Schutt und Asche gelegt werden?

Am Freitag, dem 27 April waren die heranrückenden Franzosen in den Nachbarorten Siggen und Matzen angelangt. Die Spannung erreichte ihren Siedepunkt. Auch in den Lüften summte und surrte es.

Aufklärungsflugzeuge der 1. Französischen Armee streiften den Himmel ab. Endlich erhielten die Wehrmachtsoldaten den Divisionsbefehl, Eisenharz in Richtung Süden zu verlassen. Kinkeles größte Sorge war es, die vereinzelten, ihm bekannten Naziaktivisten loszuwerden. Letztere suchte er persönlich auf und bedrohte sie mit gezogener Pistole. Das verfehlte seine Wirkung nicht und sie zogen umgehend ab. Dann begab er sich gemeinsam mit dem Ortsgruppenleiter zu dem verantwortlichen SS-Mann und beide legten ihm dar, dass sie schließlich dem Wehrmachtsbefehl Folge zu leisten hätten und dass ja tatsächlich die letzte Hoffnung in der Verteidigung der 'Alpenfestung' bestünde. Ob ihre Argumentation oder die Hoffnungslosigkeit der Situation den Ausschlag gab, war schwer zu sagen. Die letzten SS-Leute verließen jedenfalls in der Nacht zum 28 April den Ort.

Aber in dieser letzten Nacht vor der Stunde Null gab es ein zusätzliches, dringliches Problem, das umgehend gelöst werden musste. Werwolfaktivisten und ihre Gesinnungsgenossen hatten nämlich eine Barriere vor dem Ortseingang in Richtung Siggen errichtet. Bei diesen sogenannten Panzersperren handelte es sich um massive Tannen- und Kieferbalken, die- tief in die Erde eingelassen- Panzerwagen zwingen sollten, ihre Fahrt zu verlangsamen. Wenn diese zum Stillstand gekommen waren, wurde vom Volkssturm erwartet, mit Panzerfäusten auf sie loszugehen. In manchen Orten hatten die Amerikaner auf solche Sperren wiederholt mit Bombardierungen reagiert. Daher öffneten die Bewohner häufig die Sperren, um zu signalisieren 'Wir ergeben uns'.
Kinkele im Verein mit Wunderlich beschloss, die Sperren ganz zu entfernen und er plante, am folgenden Morgen persönlich den Ort den Franzosen zu übergeben. Wunderlich organisierte zusammen mit Maucher in selbiger Nacht die Entfernung der Sperre, die ohnehin recht locker zusammengefügt war. Es herrschte Bewegung in dieser Nacht: Ein einziges Kommen und Gehen und sich Verstecken. Über allem lastete eine bleierne Wolke der Ungewissheit und der Furcht vor dem kommenden Morgen.

Der Morgen des 28. April graute und die maßgebenden Persönlichkeiten des Ortes trafen nach einer schlaflosen Nacht die letzten Vorbereitungen. Einige Einwohner kommentierten: "Besser ein Ende mit Schrecken als ein Schrecken ohne Ende." Andere wiederum waren zuversichtlicher: "Mit den

Franzosen können wir uns arrangieren. Die sind doch nicht wie der 'Iwan'." Mit dieser Kollektivbezeichnung waren die Russen gemeint, über welche Flüchtlinge aus dem Osten furchterregende Details erzählt hatten. Man war auf die bevorstehende Kapitulation vorbereitet und anstelle von Hakenkreuzbannern flatterten weiße Tücher von Fenstern und Balkonen.

Kinkele begab sich bei Tagesanbruch auf die Stephanusstraße, auf welcher man den Ort von Westen her betrat. Ihren Namen verdankte dieser unasphaltierte Weg der Stephanuskapelle, einem weißen Rundbau mit kegelförmigem Dach. Sie war dem Schutzpatron der Reiter und Rosse, Stephanus, geweiht und hier fand alljährlich am zweiten Weihnachtstage eine berittene Prozession statt, die Kinkele zusammen mit anderen Würdenträgern anzuführen pflegte.

Die Stephanuskapelle an der Zufahrtsstraße von Eisenharz, damals (Privatfoto)

An diesem frühen Samstagmorgen beschäftigten ihn andere Sorgen: Ob der Weg frei geblieben war und ob bereits etwas von den Franzosen in der Ferne weiter rechts zu sehen war. Auch einige andere Bürger gesellten sich dazu und suchten den Horizont unter sorgenvollem Gemurmel ab. Manche Blicke waren auch unruhig nach oben gerichtet. Wer weiß?

Es war recht still und hellte sich zunehmend auf. Von Westen her war gedämpftes Rasseln zu hören. Das mussten die motorisierten Einheiten der Franzosen sein. Kinkele gab noch kurz Anweisung, die Maschinen vom Molkereibetrieb abzustellen, deren Gestampfe man schon aus der Entfernung hören konnte. Zur Stunde Null musste alles im Stillstand sein, um keinen Argwohn zu erwecken. Hernach betrat er eilig sein Haus und empfahl dies auch den anderen Einwohnern. Toni wartete bereits in der Küche auf ihn, hatte ihm ein warmes Getränk hingestellt und seine Kleidung zurechtgelegt. Kinkele trank schnell seine Tasse aus, legte einen schwarzen Anzug an, setzte sich seinen schwarzen Zylinder auf und ergriff das weiße Betttuch, welches sorgfältig vorbereitet worden war. Er warf einen kurzen, prüfenden Blick auf die gehissten, weißen Laken und Tüchern, die aus Fenstern und Balkonen herunterbaumelten. Seine Frau küsste ihn und sagte gewollt scherzhaft: "Gell, jetzt gehst auf deinen Stephansritt. Und parlier schön Französisch. Viel Glück!" Auch das Töchterchen der Kinkeles war längst auf und saß in der Küche. Ihr dunkelbraunes Haar hatte die Mutter bereits sorgsam zu Zöpfen geflochten. Sie hatte die braunen Kulleraugen des Vaters geerbt und beobachtete mit furchtsamem Blick, was vor sich ging. Sie verstand, dass dieser Morgen ein besonderer war, auch wenn ihr das keiner im Einzelnen erklärt hatte. Sie spürte, dass sich der Vater in Gefahr begab und wandte die Augen nicht von ihm. Kinkele drehte sich vor dem Gehen noch einmal zu ihr um und sagte leichthin: "Und du schaust aus dem Fenster zu, gell?"

Er kehrte jetzt zur Stephanusstraße zurück. Es war mittlerweile halb acht geworden und das Wetter versprach, gut zu werden. Wenn man in gerader Linie die Landstraße hinunterspähte, konnte man bereits Staubwolken und dahinter die Konturen einer fahrenden Kolonne erkennen, die sich langsam näherte. Die Straße war jetzt fast leer, aber die Einwohner lagerten hinter ihren Fenstern und verfolgten das Geschehen von dort. Kinkele drückte den Zylinder zurecht, packte seine "Parlamentärsinsignien" fester und marschierte entschlossen die Stephanusstraße herunter, den französischen Fahrzeugen entgegen.

Der gepanzerte Verband, voran ein Spähpanzer, fuhr rasselnd inmitten der gewellten Hügellandschaft voran und verlangsamte dann seine Fahrt auf ein scharfes "Arrêtez" hin und kam unweit von Kinkele zum Stehen. Kinkele straffte sich, hob das weiße Bettlaken und schritt auf den Verband zu, aus welchem sich ein Offizier löste. Die Soldaten auf dem Panzerturm und in den folgenden Fahrzeugen hielten ihre Gewehrläufe bedrohlich im Anschlag. Der Offizier näherte sich Kinkele, welcher ihn in seinem besten Schulfranzösisch mit deutlich vernehmbarem schwäbischen Kolorit, folgendermaßen ansprach: "Je vous delivre mon village. Je suis le maire de Eisenharz et je vous promets qu´il n´y aura aucune resistance. Nous nous rendons sans conditions." ("Ich übergebe Ihnen mein Dorf. Ich bin der Bürgermeister von Eisenharz und ich verspreche Ihnen, dass es keinerlei Widerstand geben wird. Wir ergeben uns ohne Bedingungen.**")**

Sein Gegenpart, der französische Kommandant Vallin, nickte kaum merklich, blickte wachsam um sich und bedeutete seinem Gefolge, die Waffen zu senken: "Bien, venez con nous!". Man hatte den Eindruck, dass diese Wendung der Dinge ihn keineswegs überraschten und dass er durch Verbindungsleute aus Wangen bereits im Bilde war.
Nun fuhr der ganze Zug weiter, mit Kinkele und dem Offizier an der Spitze. Bei den einziehenden Truppen handelte es sich um die 4. Batterie des 62. afrikanischen Artillerieregiments, einer gemischten Einheit von Franzosen und Marokkanern.

In solcher Weise gelangte man gegen acht Uhr morgens zum Ortseingang. Man sah zahllose Gesichter an den Fenstern. Die Erwachsenen waren bemüht, sich hinter den Gardinen zu verbergen, aber die Kinder zeigten sich ganz offen und einige winkten den Heranrückenden zu. Dem gepanzerten Verband folgten Infanteristen. Einige waren von dunkler Hautfarbe, denen die Einwohner auch in den kommenden Tagen mit größerem Misstrauen und Furcht als dem Rest begegneten. Die Franzosen wirkten angespannt und hatten feindselige Mienen aufgesetzt. Als sie aber der Kinder gewahr wurden, von denen einige zu winken begannen, hellten sich ihre Gesichter auf und etliche winkten zurück. Der Bann schien gebrochen.

Am selbigen Tag wurde auch das Munitionsdepot von Urlau kampflos an die französischen Streitkämpfe übergeben. Hitler hatte zwar den Befehl gegeben, die gesamten chemischen Kampfstoffe, unter ihnen auch das Nervengift "Tabun" zu sprengen, aber der Kommandant hemmte die Ausführung dieses "Nerobefehls" nach bestem Vermögen. Sobald die lokalen Postämter ihm gemeldet hatten, dass die Franzosen in Leutkirch angelangt seien, schickte er den Toxikologen Jung als Parlamentär zu den französischen Streitkräften. Jung schwang sich auf sein Fahrrad, versehen mit den Schlüsseln zum Depot, wobei er an einzelnen SS-Stellungen vorbeiradeln musste. Er händigte, glücklich an seinem Ziel angekommen, den diensthabenden Offizieren die kostbaren Schlüssel aus. Wäre der ursprüngliche Befehl ausgeführt worden, hätte es Tausende das Leben kosten können und hätte eine Umweltkatastrophe im Allgäu ausgelöst.
Aber das erfuhren die Eisenharzer viel später.

9. Unter französischer Flagge

Und wie ging es dann weiter, unter französischer Flagge?
Über dieses Thema entspann sich eines Abends eine lebhafte Unterhaltung zwischen den Helmes, Harlacher und Hermann.
Hans und Liesel erzählten, wie es sich nach der Stunde Null weiter entwickelt hatte:
"Wir sind am Tage des französischen Einzuges in unserer Wohnung geblieben. Wir konnten den Einmarsch nicht wie so manche von der Hauptstraße aus beobachten. Es lag uns auch nicht viel daran. Für uns war es eine Stunde der Rettung, ja der Befreiung. Jetzt konnten wir wieder frei atmen."

Liesel bemerkte nachdrücklich: "Ich konnte mich bis zur letzten Minute nie ganz sicher fühlen. Gewiss hatte ich es viel besser als die anderen Juden. Darüber ist kein Wort zu verlieren. Aber sogar hier in Eisenharz, wo ich den Schutz des Bürgermeisters und die Unterkunft bei unserem Harlacher genoss, gab es Nazis, die unberechenbar waren. Ganz besonders in der allerletzten Zeit, als soviel SS hier ein- und ausging. Ich hielt es für das Klügste, im Hause zu bleiben. Ich ging lediglich zum benachbarten Harlacher Hof und holte mir dort Milch und Eier und dergleichen. Wer mich ziemlich regelmäßig besuchte, war Toni Kinkele. Sie versorgte mich, wenn ich krank war. Und dann", jetzt entspannten sich ihre Züge und sie lächelte kaum merklich, "kam mich Ursula öfter besuchen. Sie war für mich Familienersatz. Sie benahm sich wie ein Töchterchen und erzählte mir von ihren Sorgen als Puppenmutter. Sie jammerte, dass ihre Kleine so sehr gewachsen sei und sie keine Kleider mehr für sie habe. Ich beschloss, etwas in dieser Richtung zu unternehmen und zückte meine Stricknadeln. Ursula setzte sich zu mir und wollte wissen: 'Was machst du da?' Ich wollte aber mein Geheimnis wahren und antwortete, es würde ein Topflappen. Ursula verfolgte meine Strickerei weiter, während ich ihr ein Märchen erzählte. Auf einmal bemerkte sie etwas und unterbrach mich: 'Ja, was ist das denn?' Sie deutete auf eine ärmelhafte Erweiterung des 'Topflappens' hin. Ich lächelte bedeutsam: 'Das wird eine Überraschung.' Ich legte das Strickzeug beiseite und gab der Unterhaltung eine andere Wende. Zu Weihnachten kam ich dann mit dem gestrickten Jäckchen für Ursulas schnell wachsende

Puppe zu Kinkeles. Ursula jauchzte und ich ergötzte mich an ihrer Freude. Ursulas Besuche waren für mich eine wunderbare Ablenkung. Wir plauderten viel miteinander. Einmal lud sie mich zu einem Spaziergang ein. Ich gab eine ausweichende Antwort und es fiel ihr auf, dass ich selten ausging. Sie wollte der Sache auf den Grund gehen: 'Warum gehst du nicht spazieren wie meine Mama?' Natürlich konnte ich ihr den wahren Grund nicht nennen und antwortete in schalkhaftem Ton: 'Weil ich eine Zimmerlinde bin.' Die Kleine nickte dann ganz ernsthaft und gab sich erstaunlicherweise mit dieser Antwort zufrieden."

Hans spann den Faden weiter: "Ich gelangte ja vor Ankunft der Franzosen hierher und deshalb verhielt auch ich mich so unauffällig wie möglich. Es hätte möglicherweise einer der SS-Leute auf die Idee kommen können, mein Wehrmachtsverhältnis zu überprüfen. Ich bin ja erst zweiundvierzig und könnte dem Führer theoretisch noch beim Endsieg aushelfen.
Als nun die Franzosen hier waren, verkündeten sie zunächst Ausgehverbote. Man durfte sich nicht zwischen neun Uhr abends und sechs Uhr morgens außer Haus aufhalten. Es wurden Bekanntmachungen in Französisch und Deutsch herausgegeben. Bei letzteren war auch die Sekretärin des Rathauses, Frau Wehrmut, beteiligt. Auf den Straßen sah man vielfach auch dunkelhäutige Soldaten. Das waren die Marokkaner, die in dieser Einheit dienten. Denen brachte die Bevölkerung besonderes Misstrauen entgegen. Das hatte nicht wenig mit dem Verbot des Platzkommandanten zu tun, laut welchem man die Häuser auch nachts nicht verriegeln sollte, um ungestört Hausdurchsuchungen vornehmen zu können. Ihr könnt euch denken, dass dies die Einwohner im höchsten Maße beunruhigte. Viele Frauen waren zu jener Zeit ohne männlichen Schutz und so manche suchte Zuflucht in den Weilern der Umgebung, wo mehrere Personen zusammen hausten. Außer einigen Diebstählen und Belästigungen ist mir aber nichts Schwerwiegendes bekannt. Man muss auch sagen, dass in den Orten, in denen es zu Vergewaltigungen kam, wie in Freudenstadt, die Übeltäter von den Franzosen bestraft wurden. Aber all das erfuhren wir später. Mittlerweile wurde unser Leben durch die Anschläge am Schulgebäude und an dem Wohnsitz des Platzkommandanten geregelt. Dieser Capitaine Brussilowski ist jetzt unser neuer Gebieter und hat sein Hauptquartier im Gasthaus 'Krone' errichtet. Ein sehr einladendes, größeres Anwesen, ganz bei uns in der Nähe. Wir dürfen uns nicht mehr als zwei km

vom Ort entfernen. Das gilt allerdings nicht für Deutsche, die von den Nazis verfolgt wurden. Liesel hat noch keine entsprechenden Dokumente, doch das kann man später regeln. Insgesamt halten sich 220 französische Soldaten hier als Besatzungsmacht auf und die Einwohner sind natürlich verpflichtet, sie zu beköstigen. Die Eisenharzer mussten auch etliche Matratzen beisteuern. Das ist im Großen und Ganzen die Lage hier."

Nicht ganz so harmlos beschrieb Benedikt Harlacher die Situation unmittelbar nach dem 28. April.

Benedikt Harlacher (Privatfoto)

Er steuerte folgende Erzählung bei: "Die französische Besatzung nahm Quartier in Eisenharz, unter anderem im Schulhaus und auch in der Molkerei von Wunderlich, im ersten Stock. Sie waren in erster Linie bemüht, Nazis ausfindig zu machen und zu verhaften. Dabei waren ihnen nicht wenige Einwohner behilflich. Die Beweggründe waren nicht immer rein ideologischer Natur. Schon unter der NS-Regierung waren die Bürger ausdrücklich angehalten worden, andere zu denunzieren. Jetzt ergab sich auch die Gelegenheit, sich bei der Besatzung anzubiedern, besonders dann, wenn man selber in der Vergangenheit mit den Nazis kooperiert hatte.

Hinzu kam, dass man auf diese Weise zusätzliche interne Rechnungen begleichen konnte. Und schließlich und letztlich gab es nicht viel, was den Ansässigen nicht über ihre Mitmenschen bekannt war.

Die Franzosen suchten im Besonderen SS-Leute. Es war allgemein bekannt, dass nicht alle das Weite gesucht hatten, sondern sich auch in Heuschobern und dergleichen versteckt hielten. Nur wenige Tage nach der Einnahme des Ortes erhielt eine Gruppe von ca. vierzehn Soldaten den Auftrag, mein Anwesen zu durchsuchen.

Es war früh morgens, als man sich in der Küche etwas zu trinken und zu essen suchte, als urplötzlich die Haustür durch einen Gewehrkolben aufgestoßen wurde. Dort standen französische Soldaten mit Drohgebärden, die uns etwas in Französisch entgegenbrüllten, was wir natürlich nicht verstanden. Aber durch die geöffnete Tür konnte man recht deutlich mit lautstarker Stimme zwei deutsche Sätze vernehmen: 'Benedikt Harlacher! Hier hohe Offiziere! Sofort heraus! Wenn nicht, wir Sie erschießen und das ganze Haus in Brand stecken.' Dort standen zwei französische Offiziere, die erhobenen Maschinengewehre im Anschlag, um dieser Drohung die nötige Nachhaltigkeit zu verleihen. Ich war gerade im Begriff, meine Milch zu trinken, ließ sie aber stehen und eilte sofort nach draußen. Dort setzte mir einer die Maschinenpistole an die Schläfe. Ich erklärte, hier gäbe es keine hohen Offiziere, was man mir nicht glauben wollte. Ein enormes Spektakel setzte ein. Die Soldaten umstellten das Haus, hielten meine Frau und Kinder in der Küche fest und wollten gerade eine Hausdurchsuchung vornehmen.
Inzwischen hatten französische Gefangene, die bereits seit Jahren bei mir auf dem Hof arbeiteten, das Stimmengewirr gehört und eilten herbei, wobei sie den Offizieren versicherten, ich habe sie immer gut behandelt und ein Nazi sei ich gewiss nicht gewesen. Die Offiziere senkten daraufhin ihre Maschinenpistolen, betonten aber, dass eine Hausdurchsuchung unerlässlich sei. Ich war nun doch erleichtert und überließ es den französischen Gefangenen, die Situation zu erklären. Es folgte ein längeres Gespräch, aus welchem hervorging, dass sie für mich einstünden. Mit ihrer Hilfe erklärte ich den Franzosen, dass alle möglichen Menschen durch Eisenharz gezogen seien und möglicherweise auch für eine Nacht oder mehrere auf dem Heuschober Zuflucht gesucht hätten, aber mir keine solchen hohen Offiziere bekannt seien.

Nun verhielt es sich tatsächlich so, dass in den Tagen vor dem französischen Einmarsch viele flüchtige Deutsche hier gewesen waren. Zum Beispiel auch Hans Helmes, der schließlich theoretisch ebenfalls ein ehemaliger Wehrmachtsangehöriger war, wie die meisten Männer im entsprechenden Alter. Diese sollten sich eigentlich bei den Franzosen melden. Indes galt deren Interesse vor allem der SS und höheren Offizieren. Ich wäre auch nicht in der Lage gewesen, jemandem einen Schlafplatz beim Durch- oder Weiterzug zu verwehren. Außerdem führte ich keine Gästeliste all derer, die bei mir übernachteten. Tatsächlich hatte es zwei höhere Wehrmachtsoffiziere gegeben, die sich allerdings vor dem Eintreffen der Franzosen ihrer Uniform zugunsten von Zivilkleidung entledigt hatten. Ich wusste keine weiteren Einzelheiten und es hätte auch nicht viel Sinn gehabt, ihnen Fragen zu stellen. Jedenfalls waren sie zu diesem Zeitpunkt nicht auf dem Hof, wie ich vermutete. Ich machte innerlich drei Kreuze. Sie waren wohl auf der Weide beim Vieh und ich hoffte inständig, dass sie dort bleiben würden, oder jemand ihnen einen Wink geben würde.

Die Soldaten, jetzt milderen Sinnes nach den Gesprächen mit ihren Landsleuten, unternahmen ihre Hausdurchsuchung und nahmen sich viel Zeit dafür. Mein Anwesen ist recht umfassend und das Ganze zog sich bis zum Mittag hin. Man war auch nicht auf Hitlerbilder oder andere NS-Symbole gestoßen, die man anderorts manchmal zu entfernen vergessen hatte. Bei mir in der Stube hing lediglich ein großes Kruzifix und ein Marienbild im Herrgottswinkel. Es hatte bei mir auch vorher kein Hitlerbild gegeben, denn ich war der Partei von jeher abgeneigt gewesen und war deshalb auch bei ihrem Machtantritt aus dem Gemeinderat entfernt worden. Der Abschied unterschied sich wesentlich von der Begrüßung und die Franzosen konnten dem Platzkommandanten guten Gewissens melden, dass sie nichts Verdächtiges gefunden hätten und dass man mir eigentlich vertrauen könne.
Als nun Stunden später die Gesuchten zum Hof zurückkehrten, legte ich ihnen nahe, sich freiwillig bei den Franzosen zu melden und ihre Lage zu klären. Die zwei sahen das ein und stellten sich Tage später in Zivil dem Kommandanten, wurden zu Kriegsgefangenen erklärt und in ein entsprechendes Lager überstellt."

Benedikt Harlacher wischte sich noch im Nachhinein den Schweiß von der Stirn und meinte, inzwischen sei das Schlimmste überstanden und die Spannung habe ziemlich nachgelassen. Es gäbe nicht wenige Elsässer hier, die Deutsch bekanntlich gut verstünden, aber trotzdem käme es mitunter zu sprachlichen Missverständnissen.

Er lachte auf: "Da muss ich Ihnen noch etwas Lustiges erzählen: Wir dürfen uns ja nicht über 3 km hinaus vom Ort weg begeben, ohne besondere Erlaubnis einzuholen. Nun verhält es sich aber so, dass wir in der Landwirtschaft unsere besonderen Bedürfnisse haben und auf die Zusammenarbeit mit auswärtigen Höfen angewiesen sind. Der Zufall wollte es, dass wir für die Deckung unserer Kühe Stiere von außerhalb benötigten. Das Herdbuch, in dem die Tiere eingetragen sind, befindet sich aber in Bad Waldsee, 40 km von hier entfernt. Einige Bauern wandten sich an mich, weil ich das meiste Vieh am Ort besitze. Frau Wehrmut setzte also einen Brief in Deutsch auf, in welchem wir um Erlaubnis baten, die benötigten Jungfarren von dort zu holen. Sie ging damit stracks über die Straße zum Gasthaus 'Krone', wo der Ortskommandant seine Amtsstube hat, reichte ihm das Schreiben und fragte, ob er eine Übersetzung bräuchte. Brussilowski war Elsässer und sagte sofort, das sei nicht nötig. Er werde uns verständigen. Ich war gerade im Stall zur Futtermischung, als ein Franzose kam und mir bedeutete, der Herr Ortskommandant wolle mich sprechen. Natürlich ging ich sofort hinüber. Capitaine Brussilowski saß hinter seinem Schreibtisch und runzelte die Stirn, als ich eintrat. Ich begrüßte ihn höflich und stand abwartend vor seinem Schreibtisch. Er hielt das besagte Schriftstück in der Hand und machte einen fast verlegenen Eindruck. Plötzlich gab er sich einen Ruck und kam zur Sache: 'Sagen Sie mal, Harlacher, was wollen Sie eigentlich mit den Jungfrauen machen?' Der Zusammenhang mit den Kühen hatte ihn vollkommen verwirrt. Ich konnte das Missverständnis zur Zufriedenheit klären. Brussilowski lachte selber schallend und die Eisenharzer Kühe konnten in Kürze einem Rendezvous mit den Waldseern entgegensehen. Sie können sich ja bei ihrem Spaziergang drüben auf der Weide von ihrer Zufriedenheit überzeugen."

Der Harlacher schmunzelte, wobei sich viele kleine Lachfältchen um seine blauen Augen bildeten und alle herzlich mitlachten.

Hermann dachte bereits daran, wann und wie er diesen kleinen Scherz bei dem schönen Fräulein Vendt anbringen würde. Überhaupt begann er, sich mehr und mehr Gedanken über die Gestaltung seiner persönlichen Zukunft zu machen. Wie würde er sein Leben fristen? Die Helmes hatten ihm jahrelang auch finanzielle Hilfe mittels ihrer kleinen Geldüberweisungen ins Lager angedeihen lassen. Sie würden ihm gewiss auch weiterhin hilfreich zur Seite stehen. Aber wie stand es um sie selbst? Momentan war an Geschäfte nicht zu denken. Außerdem wollte er auch nicht weiter auf ihre Unterstützung angewiesen sein. Er erstrebte mehr als alles andere die Freiheit und Unabhängigkeit. Unlängst hatte er ein Gespräch beim Kolonialwarenhändler mitgehört. Einer der Evakuierten berichtete dem anderen, dass er die Gemeindekasse des Ortes um eine Anleihe ersucht habe, um sich wieder etwas aufzubauen. Sein Gegenüber meinte, dass ein solches Hilfsbudget vorgesehen sei und man gute Aussichten hätte. Das hatte Hermann Stoff zum Nachdenken geliefert.

Als er am nächsten Tag Kinkele wieder einen Besuch abstattete, brachte er vorsichtig sein Anliegen vor. "Gäbe es eventuell eine Möglichkeit auch in meinem Falle?"
Der Bürgermeister bekundete seine Zustimmung und versprach, die Sache vor den Gemeinderat zu bringen. Das zeigte Früchte. Am 25. Juni wurde Hermann eine Anleihe von 3.000 RM von der Ortsverwaltung von Eisenharz bewilligt. Hermann brauchte nunmehr den Helmes nicht in jeder Sache auf der Tasche zu liegen und konnte der Zukunft mit vergrößerter Zuversicht entgegensehen. Er war Kinkele in höchstem Maße dankbar.

10. "Wie wäre es denn mit uns beiden?"

Nicht ganz zufällig trafen sich Hermann und Veronika zwei Tage später. Sie pflegte zu bestimmten Zeiten mit dem kleinen Alfred spazierenzugehen und machte keine Einwendungen, wenn sich ihre Wege kreuzten. Das Wetter kam ihnen entgegen. Der Sommer 1945 war sehr sonnig, was für viele Obdachlose in den großen Städten eine Überlebensfrage wurde. Hier, im unzerstörten, idyllischen Eisenharz war dies nur ein zusätzlicher Anreiz, sich viel im Freien aufzuhalten. Hermann betonte, wie sehr es ihm die schöne Natur im Allgäu angetan hätte, aber es war ihm durchaus bewusst, dass es noch andere Gründe gab, die ihn beflügelten, sich mit dem schönen Fräulein Veronika auf den grünen Weiden und den schattigen Wegen des Allgäus zu ergehen.

Veronika trug eine dunkelblaue Bluse mit weißem Kragen, was ihr braunes herabwallendes Haar besonders zur Geltung brachte. Hermann aber hatten es vor allem ihre leuchtenden, grünen Augen unter den fein geschwungenen Brauen angetan. Auf diese heftete sich sein Blick und es schien ihm, dass sich ihr Lächeln im Laufe der Zeit vertieft hatte. Er wollte unbedingt mehr über sie und ihre Familie erfahren, ehe er engere Beziehung zu dieser anmutigen, jungen Frau aufzunehmen gedachte. Er erfuhr, dass sie zwei Brüder und eine jüngere Schwester hatte und dass die Mutter streng katholisch und der Vater sozialdemokratisch eingestellt sei. Diese Rahmenbedingungen schienen für die Familie zu sprechen. Veronika schmeichelte es freilich, dass er sich für ihre Familie interessierte. Aber sie spürte mehr, als sie sich Rechenschaft darüber zu geben vermochte, dass sein Interesse vorwiegend politischer Natur war. Was er verständlicherweise vor allem wissen wollte, war, ob ihre Eltern Nazis gewesen waren.

Das konnte sie mit Sicherheit verneinen. Die Mutter sei so gläubig, dass nur der Heilige Vater in Rom für sie maßgebend sei. Sie erzählte fernerhin: "Ich sollte zur BDM (Bund Deutscher Mädel) gehen wie die meisten meiner gleichaltrigen Freundinnen, aber beide Eltern waren dagegen. 1934 konnte man wählen zwischen BDM und einem Pflichtjahr bei einer kinderreichen Familie. Bei der BDM hatte man natürlich viel mehr Spaß. Es gab Lagerfeuer und Wanderungen.

Einmal kam meine Freundin Tina zu mir und wollte mich überreden, mit ihr nach Jülich zu gehen, wo es eine Sonnenwendfeier geben würde. Es würde viel Jux und Rummel geben, und sie versuchte, auch meine Mutter zu überreden. Ich hatte ihr beim Waschtag geholfen und sollte eigentlich frei haben. Meine Mutter war misstrauisch: 'Was für ein Fest soll das denn sein?', wollte sie wissen. Tina erläuterte, es würde eine Prozession geben und ein Feuerfest würde stattfinden, mit Kreuz, Feier und Gesang.
'Was für ein Kreuz, Tina?'
'Natürlich ein Hakenkreuz und auch der Ortsgruppenleiter wird dasein.'
Mutter blieb ungerührt und sagte: 'Für meine Veronika ist das Kreuz in der Kirche gut genug und außerdem hat sie noch zu tun. Sie muss auf ihre kleine Schwester aufpassen.'
Sie beendete die ganze Angelegenheit, indem sie Kathrinchen, meine kleine Schwester, holte und uns zur Tür hinaus schob."

Veronika (links) mit ihrer Freundin 1936 (Privatfoto)

Hermann kommentierte: "Ja, die Nazis wollten die bekannten Feste für ihre Zwecke einspannen. Alte Bräuche sollten in eine neue Form gegossen werden. Ich habe von diesen Sonnenwendfeiern gehört, bei denen man ein Holzgerüst in Hakenkreuzform errichtete und dann in Brand setzte. Das Ganze soll bei Trommelwirbel sehr stimmungsvoll gewesen sein, vor allem bei der Jugend und auf dem Lande. Es feuerte die Jugend im wörtlichsten Sinne an. Ihre Eltern hatten wohl einen sicheren Instinkt und eine feste Hand. Nicht jedem, der seine Kinder von derlei fernhalten wollte, gelang das."

Veronika stimmte zu: "Bei uns bestimmten die Eltern und ich hatte meine festen Pflichten. Es gab immer irgendeine Arbeit, die getan werden musste. Einmal war die Mutter im Krankenhaus und natürlich hatte ich sie im Haushalt zu vertreten. Ich wollte aber modernere Sitten einführen und trug meinen jüngeren Brüdern auf, mir beim Geschirrwaschen zu helfen. Ich erklärte ihnen, auch sie müssten ihren Anteil beisteuern. Vor allem Heinrich, der ältere von den beiden, wies meine Anweisungen eigensinnig von sich. Ich fühlte mich als Stellvertreterin der Mutter und drohte ihm mit Entzug des Nachtischs. Da ließ er einfach den Teller fallen und darüber hinaus durchblicken, dass weitere folgen würden. Da habe ich es aufgegeben, denn ich wusste, dass ich letztlich für den Schaden verantwortlich gemacht werden würde."

Hermann amüsierte diese Schilderung und er bekundete seine Sympathie für ihre fortschrittlichere Einstellung Frauen gegenüber, was sie nicht ungern zur Kenntnis nahm. Er wollte mehr über ihre Brüder wissen.
"Beide waren in der Wehrmacht", sagte Veronika. "Von dem jüngeren Arnold wissen wir, dass er sich in französischer Kriegsgefangenschaft befindet. Mein Vater steckte französischen Kriegsgefangenen öfter Brot zu und sagte, er hoffe, dass das auch seinen Söhnen zugute kommen könnte." Sie seufzte: "Aber natürlich ist das alles Zufall. Bei Heinrich tappen wir sehr im Dunkeln. Wir haben seit vielen Monaten gar nichts von ihm gehört. Ich erhielt im Mai 1944 noch eine Karte von ihm. Seither fehlt jegliche Nachricht. Wir alle haben das Gefühl, dass er gefallen ist.
Mein Bruder Heinrich neigt zum Jähzorn. Vor mehr als einem Jahr geschah Folgendes: Er war auf Urlaub in Koslar und wollte sich mit seiner Freundin

am sogenannten 'Teich' treffen. So nennen wir einen Bach, der durch das Dorf fließt und in die Rur mündet. Es gibt dort einen schmalen Pfad unter den Bäumen, wo man ungestört spazieren kann. Es herrschte aber just zum verabredeten Zeitpunkt Verdunkelung und er fand seine Freundin nicht. Außerdem wollte er nicht im kalten Bach landen. Deshalb ließ er seine vorsorglich mitgebrachte Taschenlampe kurz aufblitzen, was aber von einem SS-Mann, der vorüberging, bemerkt wurde. Der befahl Heinrich barsch, das Licht auszumachen und sich davonzuscheren. Er könne sein Liebchen woanders suchen. Meinem Bruder kochte das Blut. Er versetzte seinem Widersacher einen Fausthieb, sodass dieser gegen einen Baum taumelte und schrie ihn an: 'Da, du SS-Schwein, verschwinde!' Das Ende war, dass Heinrich vor ein Kriegsgericht gestellt wurde und zur Versetzung in eine Bewährungseinheit irgendwo im Osten verurteilt wurde."

Die Familie Vendt. Im Vordergrund die Eltern. Von links nach rechts: Veronika, Arnold, Heinrich und Käte (Privatfoto)

Hermann ging nicht weiter darauf ein und meinte lediglich: "Ja, das hört sich nicht gut an." Dann wollte er wissen, wie ihr Vater sich politisch verhalten habe.

"Mein Vater ist Sozialdemokrat und viele Leute im Dorf wussten das. Eines Tages, als die Nazis schon am Ruder waren, kam die Gestapo zu uns. Jemand im Dorf hatte ihn beschuldigt, die 'Internationale' auf einer Platte gehört zu haben. Natürlich bestritt er das und sie machten eine Hausdurchsuchung, aber nicht sehr gründlich, denn einer der Beamten war entfernt mit uns verwandt und aus diesem Grunde blieb die besagte Platte unauffindbar.

Meine Mutter, die im Gegensatz zu ihm sowieso immer das Katholische Zentrum gewählt hatte, konnte sich durchsetzen und die Platte wurde vernichtet."

Veronika fuhr fort: "Meine Mutter drang immer in den Vater, jeden Sonntag zur Messe zu gehen, was er auch versprach. Er ging aber meist später als die Mutter und wir Kinder. Eines Tages sprach unser Nachbar Schiffer im unteren Stockwerk sie auf diese Sache an und teilte ihr vertraulich mit: 'Liebe Frau Vendt. Ihr Mann geht zwar sonntags in Richtung Kirche, aber sehr oft nicht hinein, sondern macht einen Spaziergang in die Felder unweit vom Friedhof.' Sie kicherte ein wenig: "Es ging um sein Seelenheil und da kennt meine Mutter keinen Spaß. Allerdings waren die Schiffers bei allem gute Nachbarn und auch keine Nazis. Als es in Koslar zu einer Kundgebung gegen die Juden 'Auf dem Platz' kam, nahmen sie im Gegensatz zu den meisten Einwohnern nicht daran teil, wie auch meine Eltern. Wir konnten also zuhause schon mal ein offenes Wort sprechen."

Plötzlich wachte das Baby auf und begann, ein wenig zu plärren.
Hermann stimmte spontan ein Lied an: 'Wir wollen zu Land aus fahren, wohl über die Fluren weit, aufwärts zu den klaren Gipfeln der Einsamkeit.'
Veronika verstand die Absicht und fiel ein. Der Kleine verstummte und lauschte dem melodischen Zweiklang. Veronika sang ohne Mühe die zweite Stimme. Beide stimmten dann ein Wanderlied nach dem anderen an. Es folgten 'Die Luft ist so blau und das Tal ist so grün' und 'Wohlauf, die Luft geht frisch und rein.' Sie waren gleichermaßen erstaunt, wie gut sie in Text und Tonlage harmonisierten und nickten sich freudig zu.

Nach einer kurzen Pause, als sie Atem schöpften, bemerkte er: "Sie haben ja eine wunderschöne Stimme. Wir müssen wohl beim selben Gesangslehrer gewesen sein."
Sie lachte: "Der Gesangslehrer war hauptsächlich mein Vater. Nach der Messe am Sonntag wurde er mit uns Kindern häufig zu einem Spaziergang ausgeschickt mit dem Auftrag, uns so sauber wie wir auszogen, auch wieder abzuliefern. Er unterhielt uns mit Gesang und nahm dazu eine Mundharmonika mit. Unsere Wanderungen durch Felder und den Wald in Richtung Barmen gehören zu meinen schönsten Kindheitserinnerungen. Und Sie?"
"Ich hatte wohl keine so harmonische Kindheit wie Sie. Jedenfalls stellte man in der Volksschule in Euskirchen und dann in Köln fest, dass ich eine schöne Stimme hätte. Vielleicht hat auch mein Vater, der Beziehungen zu Künstlern hatte, sogar etwas in die Wege geleitet. Jedenfalls kam ich im Knabenchor der Kölner Oper unter. Unser Auftritt war vor allem in 'Carmen' beim Aufzug der Wachen."
Er stimmte dann das bekannte Marschlied an: 'Wenn die Wachen aufmarschieren, gehn wir als Soldaten mit ...'
"Da haben Sie sicher schon Geld verdient."
"Das schon, aber das bekamen natürlich meine Eltern, die nie welches hatten. Wir waren arme Juden und schlugen uns mit Mühe durch."

Sie zögerte ein wenig und wagte dann schüchtern die Frage: "Sie haben mir nur sehr wenig von Ihrer Familie erzählt. Können Sie mir mehr erzählen?"
"Nun, da gibt es nicht soviel Bemerkenswertes. Mein Vater war ein Künstler und war ganz allgemein in der Unterhaltungsbranche im rheinischen Umfeld tätig. Das hieß für uns vier Kinder in erster Linie, dass es kein geregeltes Einkommen gab. Die jüdische Gemeinde ließ uns im Anbau der Synagoge wohnen. Wir bewohnten eine winzige Wohnung zusammen mit unserer Großmutter mütterlicherseits. Sie hieß Sibylle und war eigentlich die einzige, die noch etwas Sinn für das Judentum hatte. Meine Mutter war unehelicher Geburt und wir gehörten zu den Bedürftigen der Gemeinde. An den Feiertagen erhielten wir immer Essenszuschüsse und etliche Hilfsleistungen. So hielt unsere Mutter uns über Wasser. Die 'Jroß' (Großmutter) nahm mich manchmal zum Markt von Euskirchen mit, nicht weit von der Annaturmgasse, in der wir wohnten. Sie war eigentlich ausgezogen, um Butter zu erstehen und entfaltete dabei ihren eigenen Stil:

Sie zog ihre Haarnadel heraus und bat bei den Händlern um eine Kostprobe. Daran ließ sie mich lecken: 'Jungchen, probier das mal.' Die Mengen, die sie schließlich kaufte, waren natürlich minimal. Aber ich genoss diese Einkäufe sehr.
Unseren Vater sahen wir nicht sehr oft. Er war viel unterwegs, wohl nicht nur in Geschäften. Wenn er dann kam, hatte er meist irgendeinen Firlefanz mitgebracht und war trotzdem bei uns Kindern beliebt. Die Eltern ließen sich noch vor dem Ersten Weltkrieg scheiden und ich kam in das Jüdische Waisenhaus in Köln."

Hermanns Eltern, Otto und Sophie Jülich (Privatfotos)

Veronika schlug die Hände über dem Kopf zusammen: "Wie furchtbar. Wie müssen Sie gelitten haben."
Er wies ihren Einwand zurück: "Überhaupt nicht. Dort hatte ich zum ersten Mal geregelte Mahlzeiten. Die Schule war sehr gut und dort lernte ich auch manches über das Judentum. Natürlich war man dort sehr patriotisch. Ein großes Kaiserbild war hinter dem Lehrerpodium angebracht und Kaiser Wilhelm war unser aller Vorbild. Es wurden viele Gedichte bei uns auswendig gelernt. Einmal erhielt ich sogar einen Preis für meinen geglückten Vortrag vor der Klasse. Dazu war ein Kaiserbild vorgesehen.

Ich war im Siebten Himmel, einen solchen Schatz als Trophäe nach Hause bringen zu können. Aber am Ende scheiterte die Aushändigung an der finanziellen Misere meiner Familie. Der Rahmen sollte zehn Reichsmark kosten. Diese horrende Summe schlug dem Fass den Boden aus. Das Kaiserbild gelangte nie in meine Hände."

Hermann verstand es, mit Humor kleinen Erlebnissen einen pointenreichen Anstrich zu verleihen. Er musste wohl etwas von der Erzählkunst seines Vaters mitbekommen haben. Veronika begann die Unterhaltungsgabe ihres Begleiters zu schätzen.
Hermann bemerkte dies wohl und stimmte ohne Übergang das Lied vom Rolandsbogen an, welches sie nicht kannte: "Ich kam von fern gezogen zum Rhein, zum Rhein. Beim Wirt am Rolandsbogen , da kehr ich ein. Ich trank mit seiner Base auf du und du ..."

Er ließ es ausklingen und wandte sich ihr zu: "Wie wäre es denn mit uns beiden, Fräulein Veronika? Vielleicht auch auf 'Du' und 'Du'?"
Veronika fühlte sich überrumpelt, schrak ein wenig zusammen und sagte dann: "Ach, das geht nicht, Herr Jülich, ich bin noch in Trauer."
Hermann, keineswegs aus der Fassung gebracht, fragte: "Um wen trauern Sie denn?"
"Ich hatte einen Freund, mit dem ich so gut wie verlobt war. Er hieß Waldemar und ist im Krieg gefallen."
Er wollte wissen, wie lange das schon her sei. "Er sei vor zwei Jahren an der Wolga gefallen."
"Hm, hm", meinte er. "Ja, wenn das so ist, Fräulein Veronika, dann trauern Sie mal weiter."
Diese unkonventionelle Reaktion verblüffte sie und sie wusste nichts darauf zu erwidern. So schlugen sie den Rückweg ein und legten den Rest des Weges in beredtem Schweigen zurück.

11. Wer hat mitgemacht?

Als Hermann von diesem Rundgang wieder zu den Seinen zurückkehrte und anfing, darüber zu erzählen, winkte Hans gleich ab: "Wir wissen doch, mit wem du anbandelst. Meinst du, das bleibt ein Geheimnis? Uns brauchst du nichts vorzumachen."
"Ja, so ist es, die Kühe muhen es von der Weide und die Schwalben zwitschern es von den Dächern hier in Eisenharz. Das macht mir wahrhaftig nichts aus. Aber aus der ganzen Sache wird wohl nichts. Sie hat mir heute erklärt, sie trauere um ihren gefallenen Bräutigam. Das besagte Ereignis liegt bereits zwei Jahre zurück."

Hans Helmes nahm dies ohne großes Bedauern zur Kenntnis: "Ich sagte dir ja. Sie ist nicht das Richtige. Schlag sie dir aus dem Kopf. Wenn du auf Abenteuer aus bist, findest du leicht Ersatz. Es gibt nach dem Krieg so viele Frauen ohne Männer."
Hermann erwiderte ruhig: "Es stimmt, dass ich auf der Suche bin, aber es geht nicht nur um eine flüchtige Romanze. Ihr wisst, dass ich mich von meiner Frau scheiden lassen will. Ihr habt mir selbst so viel Negatives über Änne berichtet aus der Zeit, als ich in Haft war, dass ich nicht anders kann. Es ist nicht allein die unumstößliche Tatsache, dass sie inzwischen ein Kind von einem anderen zur Welt gebracht hat. Vielleicht könnte ich darüber hinwegsehen. Immerhin war sie fast zehn Jahre allein. Aber als ich jetzt in Düsseldorf bei ihr war, bin ich zur endgültigen Erkenntnis gelangt, dass Welten uns trennen."
Hans murmelte Zustimmung. Hermann sagte nachdenklich: "Jedenfalls hat das Fräulein Vendt mir sehr gefallen. Aber wenn sie es ernst meint mit dieser lächerlichen Trauer, dann ist natürlich nichts zu machen." Das Thema war damit abgeschlossen und der Tag nahm seinen üblichen, ruhigen Verlauf.

Am folgenden Tage jedoch spielten sich in Eisenharz dramatische Vorgänge ab, die auch Hermann in ihren Bann zogen.
Es geschah an einem Samstag. Am späten Vormittag des 7. Juli polterte eine Faust gegen Kinkeles Haustür. Frau Kinkele öffnete diese erschrocken und sah eine französische Uniform vor sich. Da stand ein rothaariger,

junger Soldat, der in sehr barschem Ton verlangte, zum Bürgermeister geführt zu werden. Er war augenscheinlich Elsässer. Er sagte lediglich, er käme im Auftrag des Ortskommandanten. Toni Kinkele konnte sich eines unangenehmen Gefühls in der Magengrube nicht erwehren, zwang sich dennoch zu einem höflichen Lächeln und führte ihn zu ihrem Mann, der in der Amtsstube saß.
Kinkele begrüßte sein Gegenüber mit: "Guten Morgen. Bitte setzen Sie sich doch."
Doch der Sergeant ignorierte sehr betont die verbindliche Einleitung. Er blieb steif stehen und kam sofort zur Sache: "Kinkele, wir suchen den Kreisleiter von Ulm, Willi Baumgarten und", er fischte nach einem Zettel in der Tasche und las jede Silbe betonend davon ab,"seine Frau, Marga Baumgarten, Kreisfrauenschaftsleiterin. Kennen Sie diese Leute? Wo sind sie?"

Er schoss die Fragen förmlich gegen Kinkele ab. Kinkele erblasste kaum spürbar und erhob sich. Er sah dem Elsässer direkt in die Augen und erwiderte langsam: "Ob ich sie kenne? Persönlich nicht, aber ich weiß, dass sie sich wie viele andere aus den bombardierten Städten hierher geflüchtet haben. Ich glaube, zu wissen, wo sie sich aufhalten. Warten Sie, ich hole jemanden, der Sie begleiten kann. Ich bin in wenigen Minuten zurück."
Der französische Soldat gab seine Zustimmung und verharrte stehend im Amtszimmer, bis Kinkele tatsächlich wenige Minuten später mit einem Arbeiter der Molkerei, die sich fast gegenüber befand, zurückkehrte.
Der Mann erklärte sich einverstanden, den Franzosen zur Unterkunft der Baumgartens zu begleiten. Beide verließen Kinkeles Haus.

Hermann Kinkele wechselte Blicke mit seiner Frau und wischte sich den Schweiß von der Stirn. "Jetzt hat es angefangen. Sie machen Jagd auf die Nazis. Dieser Mann war bereits früh in der SA, schon in den zwanziger Jahren und machte dann Karriere als Kreisleiter. Was seine Frau angeht, so wurde sie Kreisfrauenschaftsleiterin und füllte den Posten mit großer Einsatzbereitschaft aus. Sie wurde mit dem goldenen Parteiabzeichen belohnt, soviel ich weiß." Toni Kinkele war ebenfalls erregt: "Ich kenne vor allem die Frau. Eine von den Überzeugten. Sie haben sich hier aus gutem Grund eher unauffällig verhalten. Aber ich habe einmal kurz mit ihr gesprochen, als wir am Postamt waren. Das hat genügt. Ich weiß, welchen

Geistes Kind sie ist. Aber das Schlimme ist, dass all das auch auf dich zurückfallen könnte. Ich fahre nach Sandraz zu Elisabeth Klepner, vorsichtshalber", setzte sie hinzu, als Hermann Kinkele abwehrend die Hände hob. Frau Kinkele wartete keine weiteren Einwände ihres Mannes ab und bestieg das Fahrrad, um schneller in den Nachbarort zu gelangen, in dem sich Frau Klepner derzeit aufhielt.

Nach einer Weile kehrte Toni Kinkele wieder zurück und meldete ihrem Mann, sie habe Elisabeth Klepner selbst nicht angetroffen, aber ihr Vermieter würde dieser alles ausrichten und er glaube, sie sei in der Nähe und würde in Bälde eintreffen. Frau Kinkele berichtete, sie habe auf dem Rückweg auch bei Helmes hereingeschaut, aber auch diese seien gerade nicht im Haus gewesen. "Aber", beruhigte sie ihren Mann und sich selbst, "sie sind ja doch alle hier in der Gegend und man kann sie umgehend erreichen, wenn es notwendig sein sollte." Kinkele winkte ab: "Das wird nicht nötig sein, aber wenn es dich beruhigt ..."

Es sollte sich aber doch als erforderlich erweisen. Die Kinkeles bereiteten sich gerade auf das Mittagessen vor und warteten lediglich die Ankunft ihrer kleinen Tochter ab. Da rollte ein Transporter vor. Das Ehepaar wechselte irritierte Blicke, denn die Ankunft eines Autos war in Eisenharz keineswegs alltäglich in diesen Tagen. Sekunden später hämmerte es an ihrer Haustür. Frau Kinkele sprang auf und öffnete. Jetzt wurde sie von dem Soldaten vom Vormittag zur Seite gedrängt. Dieser sprach nunmehr in gröberer Tonart: "Ihr Mann soll zum Haus von Ortsgruppenleiter Carl Wunderlich mitkommen. Jetzt! Sofort!" Toni Kinkele, einigermaßen bestürzt, versuchte einzuwenden: "Aber warum? Wir wissen, wo er wohnt." Der Elsässer beachtete sie nicht. Kinkele war schon aufgestanden und folgte ihm wortlos.
Toni Kinkele bekam es mit der Angst zu tun, wagte aber nicht, das Haus zu verlassen. Sie brauchte nicht lange zu warten. Nach kurzer Zeit kehrte der Soldat mit Kinkele zurück. Er brachte ihn wie eine Trophäe zum Haus und schrie: "Jetzt wissen wir, was Du gemacht hast", er war bereits zum herabsetzenden Duzen des Verhafteten übergegangen: "Du versteckst Nazis und bist selber einer. Du steckst mit denen unter einer Decke. Im Internierungslager wirst Du verhört werden. Nimm deine Sachen und steig damit auf das Auto.Wir fahren nach Lindau zum Verhör."

Jetzt begann sich die Handlung wie ein griechisches Drama zu entfalten. Fast gleichzeitig stellten sich zwei Personen ein, die aus den verschiedensten Gründen erwartet wurden. Zuerst gelangte Ursula nachhause. Sie begriff schnell den gesamten, bedrohlichen Zusammenhang, nachdem sie die letzten Sätze gehört hatte und begann ganz jämmerlich zu weinen. Fast im selben Augenblick tauchte die von Toni Kinkele besonders dringlich gesuchte Elisabeth Klepner in höchsteigener Person auf der Eisenharzer Bühne auf. Sie trug ein rosafarbenes Kleid und hastete in größter Eile herbei. Die Nachricht von Hausdurchsuchungen und Verhaftungen hatte sich inzwischen bereits herumgesprochen. Wie eine "dea ex machina" stellte sich die rosaumflatterte Rettungsfigur in letzter Minute auf der Bildfläche ein.

"Halt", sagte sie fast gebieterisch zu dem Soldaten, "dieser Mann hier", und sie wies dramatisch auf Hermann Kinkele, "hat mein Leben gerettet. Ich bin Jüdin und heiße Elisabeth Klepner. Bürgermeister Kinkele hat mich vor fast zwei Jahren aus Düsseldorf aus den Fängen der Gestapo gerettet und mich hierher gebracht und versteckt. Ich kann alles schriftlich bezeugen."

Der Elsässer stutzte. Klepner hatte ihre Aussage mit großer Entschiedenheit vorgetragen und wirkte überzeugend. Es gab hier anscheinend Fakten, von denen er keine Ahnung gehabt hatte. Im jetzigen Stadium war er bestrebt, keine fatalen Fehler zu machen und sich eine Blöße zu geben. Inzwischen gesellten sich auch die Helmes hinzu, die erst jetzt von den Geschehnissen gehört hatten. Sie hatten ihrerseits Hermann im Schlepptau.
Liesel Helmes deklarierte jetzt gleichermaßen, dass sie eigentlich Jüdin sei und hier unter dem Schutz von Kinkele und Harlacher Zuflucht gefunden hätte und ihr Bruder, der bis vor Kurzem noch im KZ-Buchenwald in Haft gewesen war, das bezeugen könne.

Das Wort "Buchenwald" gab den Ausschlag und der Elsässer beschloss, von der geplanten Verhaftung abzusehen. Dieses Konzentrationslager war durch die Veröffentlichungen der Amerikaner bekannt und berüchtigt geworden und ein ehemaliger Gefangener musste als "Persona grata" gelten.

Der Franzose bedeutete Kinkele, vom Lieferwagen herunterzusteigen und sagte, er wolle nur eine kurze Hausdurchsuchung vornehmen. Die Zeugen sollten vor dem Ortskommandanten aussagen, was diese sofort zusagten. Jeder solle aber jetzt nach Hause gehen.

An den

Herrn Governeur
der französischen Besatzungsbehörde   Isnyberg, den 9. Juli 1945

<u>Lindau</u>

      Ich bin die österreichische Opernsängerin Elisabeth Klepner, wurde von der Gestapo verfolgt und vom Bürgermeister Kinkele in seiner Gemeinde Eisenharz unter falschem Namen als landwirtschaftliche Arbeiterin untergebracht. Nach einigen Monaten meines dortigen Aufenthalts kam meine nichtarische Abstammung Herrn Carl Wunderlich zur Kenntnis. Als seitens der Parteibehörden Nachforschungen über meine Person einsetzten, hat Herr Wunderlich nicht nur eine Anzeige unterlassen, sondern den Bürgermeister sofort davon in Kenntnis gesetzt, sodass es mir noch rechtzeitig gelang, den Aufenthaltsort zu wechseln und mich bis zu meiner Befreiung durch die französischen Besatzungstruppen in einem Nachbarort verborgen zu halten.

                                             gez. Elisabeth Klepner

Aussage der Elisabeth Klepner (Gemeindearchiv Eisenharz)

Kinkele stieg wieder herunter, streichelte seiner Tochter den Kopf und sprach beruhigend auf sie ein. Er dankte seinen Rettern und bat sie zurückzukehren. Man würde später miteinander sprechen. Dann folgte er dem Elsässer in das Innere des Hauses. Dieser besah sich die einzelnen Zimmer und ließ nicht wenige Gegenstände, die ihm des Nehmens wert schienen, ohne viele Hemmungen mitgehen.

Kinkele sah kommentarlos zu und erstellte später eine Liste der entwendeten Gegenstände. Er würde eine entsprechende Beschwerde beim Kommandanten einreichen.

La commune Eisenharz.
Le maire.   Eisenharz, le 17.7.45.

                    Monsieur le Landrat à Wangen /A.

Objet: Plainte.

Samedi, le 7.7.45. dans mon bureau apparût l'agent du 5.Bureau de la I.Armée francaise, Baumgarten, et me demanda l'adresse de la femme de l'ancien Kreisleiter d'Ulm, de même que celle d'une certaine m-me Baumgarten. Ayant reçu les adresses desirées, il s'éloigna sans rien dire de plus, accompagné d'un guide. A 13 h. me fit savoir, qu'une perquisition a lieu dans l'appartement de l'ancien Ortsgruppenleiter Karl Wunderlich, et on me pria d'y venir. J'allai chez Wunderlich, y trouva l'agent nommé, et 2 officiers, et je fus arrêté immédiatement sous prétexte, que je cachais dans ma commune des nazis. Il m'etait interdit de me justifier et d'expliqur que:
1/. Je n'ai jamais aidé aux nazis; au contraire, je cachais dans ma commune pendant des années des gens, cherchés par la Gestapo;
2/ que j'étais connu comme adversaire du nazisme. En 1935 je fus forcé de quitter mon poste et on me nomma, en pénitence à Eisenharz;
3/ ce n'est qu'en 1937 que je suis devenu, sous pression, membre de la NSDAP
4/ qu'avant l'entrée de l'armée francaise, j'ai eu des pourparlers avec des personnages Allemands et des civils Francais pour empêcher à Wangen une résistance inutile.(Témoins: m-r Violette, le Directeur Pabrzicky, le peintre Beaun.)
5/ Qu'un jour avant l'entrée j'ai desarmé moi-même àEisenharz 3 sujets suspects.-
On ne m'a pas laissé parler et on m'enferma avec la famille W. Plus tard, on fit une perquisition dans l'appartement des W. et dans le mien, et on emporta de mon appartement les objets suivants:
    2 appareils photographiques
    1 grammophone
    D'étoffe de damas (60 mtr)
    1 boîte à manicure
    1 monnaie d'or
    40 kg de sucre.
D'une malle appartenant à une dame de ma connaissance, deposée chez moi, on avait pris:
    6 paires de bas
    1 montre de voyage avec étui en cuire
    1 boîte à manicure
    1 livre
    le contenu d'un nécéssaire
Tous ces objets ne sont pas d'origine francaise, mais ont été achetés ici.
Apres cela on m'a dit, que je suis arrêté et qu'on me conduira à Lindau. Pendant que j'attendais le camion, le Pater Kemter arriva et expliqua, au Ltn. Francais, que ca devait être un malentendu, car n'étant jamais nazi, j'ai ététoujours un bon catholique.
Le commerçant Jülich de Düsseldorf, qui a étépendant 8 ans aux camps de Dachau et de Buchenwald, expliqua, qu'il n'a été sauvé que par mes soins. La cantatrice autrichienne Elisabeth Klempner, arrivée, déclara, qu'elle a été cherchée par la Gestapo à cause de son origine juif, qu'on voulait la déporter à Theresienstadt et que je la cachais chez mon beau-frere, Schmid, Isnyberg, sous un nom faux, depuis l'avril 1943. Le Lieutenant, qui d'ailleurs n'avait pas pris part àl'enlèvement des objets m'appartents, me déclara alors libre.

Transmis à
          Monsieur le Gouverneur Militaire
                                   à W a n g e n /A.
en priant de bien vouloir décider de l'affaire.
                                   Le Landrat à Wangen/A.
P.J. 0   wangen, le 31.7.45.   p.o.

Die Beschwerde Kinkeles (Gemeindearchiv Eisenharz)

Wunderlich und Baumgarten wurden verhaftet und zum Verhör in ein Internierungslager überführt. Zehn Tage später legte Hermann Kinkele über den Landrat in Wangen Beschwerde beim Ortskommandanten in Französisch und Deutsch ein und wurde daraufhin in seinem Amt belassen.

Vielleicht war es der Glaubwürdigkeit von Kinkele zu verdanken, dass sich in überraschend kurzer Zeit die Beziehungen zwischen Siegern und Besiegten zu entspannen begannen. Eine freundschaftlichere Atmosphäre zwischen der Besatzungsmacht und den Einwohnern schien sich anzubahnen. Anders lässt es sich schwer erklären, dass Eisenharz als Ferienort für französische Kinder bestimmt wurde.

Am 26. Juli, nur kurze Zeit später, trat jedenfalls der Platzkommandant an Kinkele mit der Aufforderung heran, in Eisenharz siebzig französische, erholungsbedürftige Kinder einzuquartieren. Man vertraute also denen, die noch vor drei Monaten bittere Feinde gewesen waren, seine eigenen Kinder an, auch wenn es sich "nur" um einen Ferienaufenthalt handelte. Kinkele wurde mit der praktischen Umsetzung des Unternehmens beauftragt und von ihm direkt gingen die entsprechenden Anweisungen aus.
Die Kinder sollten im Gasthof "Sonne" untergebracht werden und die Einwohner von Eisenharz und der näheren Umgebung Decken, Kopfkissen und dergleichen beisteuern. Kinkele persönlich beauftragte den Lehrer Maichel mit der Sammlung des Bettzeugs in Eisenharz. Es verstand sich von selbst, dass die Gemeinde für die Unkosten aufzukommen hatte.

Zwischen den Kindern von Eisenharz und den französischen Ferienkindern kam es schließlich zu gemeinsamen Aktivitäten. Vor allem der Sohn des Lehrers, Elmar Maichel, freundete sich mit einem der Ferienkinder besonders an. Damit verflüchtigten sich verhältnismäßig schnell die noch vorhandenen Reste der ursprünglichen Fraternisierungsverbote der Franzosen, zumindest in Bezug auf Eisenharz.

Gemeinde Eisenharz, den 26. Juli 1945

An alle Haushaltungen.

Im Auftrag des Herrn Platzkommandanten erhalten Sie den Befehl, bis heute abend 7 Uhr

ein Paar L e i n e n t ü c h e r und
zwei W o l l d e c k e n

in der Wirtschaft Reutlinger, Albris oder in der Wirtschaft Huber, Sandraz abzuliefern.

Diese Sachen werden für die Aufnahme französischer Kinder voraussichtlich nur für einige Wochen benötigt.

Versehen Sie die Stücke mit einem Zeichen, damit Sie Ihr Eigentum wiedererkennen können.

Für die pünktliche Erledigung ist bezüglich der Parzelle

1) Matzen .... Herr ...., ... verantwortlich.
2) Albris
3) Willatz
4) Hatzen
5) Weihers
6) Eisenharz

Der Bürgermeister

Anweisung Kinkeles in Bezug auf französische Ferienkinder
(Gemeindearchiv Eisenharz)

12. Auf dem Bromerhof

Hermann hatte sich inzwischen ausgiebig mit dem Ortskommandanten über Kinkele und die Gesamtsituation in Eisenharz unterhalten und die Untersuchung in der Sache des Bürgermeisters wurde zunächst ad acta gelegt. Die Einwohner konnten sich wieder ihrem Alltag zuwenden.
Die Helmes gestalteten ihre Häuslichkeit so angenehm wie möglich und von einer Rückkehr nach Düsseldorf war nicht die Rede.

Eines schönen Sommermorgens wurde der Plan geschmiedet, einen gemeinsamen Besuch bei den Verwandten von Frau Kinkele, der Familie Schmid, auf ihrem Bauernhof, dem sogenannten Bromerhof, zu unternehmen, möglicherweise noch am selbigen Tage. Zuvor galt es, einen Stapel Holz zu spalten und zurecht zu sägen. Hermann stand mit seinem Schwager gerade neben dem Sägebock, als er das Fräulein Vendt bemerkte, das ihm grüßend zuwinkte und ihm augenscheinlich etwas mitteilen wollte. Hermann trennte sich kurz von Hans Helmes und ging auf sie zu.

Er begann förmlich: "Einen schönen guten Morgen, Fräulein Vendt. Wie geht es Ihnen?"
Sie lächelte bedeutungsvoll und erwiderte: "Danke, ich kann nicht klagen. Aber ich möchte Ihnen sagen, dass ich über unser letztes Gespräch noch einmal nachgedacht habe. Ich habe meine Trauer beendet." Sie schluckte jetzt und wartete.
Hermanns Züge hellten sich auf: "Ja, wenn dem so ist, dann können wir ja unsere gemeinsamen Spaziergänge wieder aufnehmen."
Sie bestätigte das leise.
"Aber", fuhr er fort, "heute muss ich Sie alleine ziehen lassen, denn meine Familie hat sich mit Kinkeles verabredet und wir sind auf dem Bromerhof angemeldet."

Veronika wünschte ihm und seiner Familie einen schönen Tag und dann trennte man sich wieder. Hans hatte zwar das Gespräch selbst nicht hören können, aber es war ihm nicht entgangen, welche belebende Wirkung es auf Hermann ausgeübt hatte, denn dieser kehrte sehr beschwingten Schrittes zum Holzstoß zurück.

"Na, was wollte sie denn? Ich dachte, die Affäre sei beendet."
Hermann widersprach: "Zu einer Affäre ist es sowieso nicht gekommen. Sie hatte mich ja, wie du weißt, darauf hingewiesen, dass sie noch um ihren gefallenen Verlobten trauere. Nun hat sie es sich doch anders überlegt. Sie hat jetzt ihre Trauer abgelegt."
Hans war skeptisch: "Ich glaube trotzdem, du solltest die Sache nicht wieder aufnehmen. Es gibt schließlich Auswahl genug."
Hermann war es schon eine Weile klar, dass das Fräulein Vendt seiner Familie weniger erwünscht war als ihm selber. Er hatte allerdings nicht vor, sich dadurch Beschränkungen aufzuerlegen und sagte daher leichthin: "Nun in diesen Dingen kann man nie wissen. Ich glaube aber, wir sollten uns umziehen, denn Liesel winkte mir vom Fenster zu. Wir müssen uns auf unseren Besuch vorbereiten." Und setzte etwas zweideutig hinzu: "Ich freue mich auf neue Bekanntschaften."

Eine Stunde später befand sich eine größere Gesellschaft auf dem Bromerhof in Isnyberg.
Da waren zunächst das Ehepaar Schmid und einige ihrer Kinder. Ebenfalls anwesend waren die Kinkeles mit Ursula, das Ehepaar Helmes und Hermann sowie auch Elisabeth Klepner. Man hatte sie auch zu diesem Treffen eingeladen. Schmid wollte sie mit seinem Auto abholen.

Auf dem Weg hatte Toni Kinkele die verwandtschaftlichen Bindungen und die Vorgeschichte des Bromerhofs erläutert: "Meine Schwester Maria hat Gustav Schmid geheiratet und hat mit ihm fünf Kinder. Eigentlich war Gustav Innendekorateur von Beruf. Er hatte im Ersten Weltkrieg unter Rommel als Kompaniechef gedient und war infolge seiner Einsätze kränklich geworden. Der Arzt empfahl ihm, 'auf's Land' zu gehen und so kam es, dass er 1919 das Anwesen auf Isnyberg kaufte. Er hielt sich zuerst Kühe und führte eine Milchwirtschaft, die aber nicht sehr florierte. Deshalb suchte er nach einem lukrativeren, zusätzlichen Einkommen in der touristischen Branche. Er hatte des öfteren Kameraden aus dem Krieg eingeladen und hatte bemerkt, dass sich solche Aufenthalte im schönen Allgäu großer Beliebtheit erfreuten. Schmid nannte seinen neuen Nebenerwerbszweig 'Urlaub auf dem Bauernhof'. Er hatte sich zu diesem Zweck sogar ein eigenes Auto angeschafft, mit dem er seine Gäste abholte.

Er wurde damit zum ersten Autobesitzer in der weiteren Umgebung. Die Kühe wechselten die Besitzer, und er ging zur Hühnerzucht über. Das Anwesen war somit eine Art Pension geworden."

Familie Schmid. Im Zentrum vorne Maria and Gustav (Privatfoto)

An diesem Punkt hielt Toni inne. Das Auto erkletterte ein wenig mühsam die letzten Steigungen und oben auf der Anhöhe wurde man eines langgestreckten, weiträumigen Gebäudes mit vorgerücktem Giebel ansichtig. Das war der Bromerhof, eingerahmt von Wiesenflächen und kleinen Waldungen. Als man angekommen war, wollte man als erstes das Panorama genießen. Die sanften, grünen Erhebungen, die schimmernden Matten und blühenden Wiesen breiteten sich wellenartig zu ihren Füßen aus. Ganz unten, aber dem Blick entzogen, lagen die Ortschaften des Argenbühl, wie Dorenwaid, Brugg, Gründels und auch Isny. Man fühlte sich ein wenig wie auf dem Dach des Allgäus.

Der Bromerhof in frühen Jahren (Privatfoto)

Elisabeth Klepner war vor ihnen eingetroffen und man begrüßte sich herzlich. Auf die abfallenden Hänge weisend meinte sie: "Ich habe mich hier ein bisschen außerhalb der Welt gefühlt. Ich wusste, dass 'die da unten' mich nicht sehen konnten. Nur abends habe ich mich nach draußen gewagt." Sie zog Ursula an sich: "Du hast mich in meinem Kämmerchen unter dem Dach mehrmals besucht, wenn deine Eltern zu Kaffee und Kuchen kamen. Und damals habe ich dich gefragt, 'Kind, kannst du ein Geheimnis bewahren?' Ich sagte ihr, sie dürfe keinem Menschen von meinem Aufenthalt hier erzählen. Auch nicht ihren besten Freunden! Das sei ganz wichtig."

Alle Blicke richteten sich jetzt auf die Neunjährige. Ursula schoss das Blut in die Wangen und sie nickte ein wenig verlegen. Elisabeth fuhr aufmunternd fort: "Aber jetzt ist das nicht mehr nötig. Alle sollen ruhig wissen, dass ich lebe und hier bin. Und das habe ich euch Lieben zu verdanken." Sie warf einen dankbaren Blick auf die Schmids und Kinkeles. "Ohne euch wäre ich wohl nicht mehr."

"Aber manchmal hast du abends gesungen", sagte Ursula.

"Nicht sehr oft, ich musste mich vorsehen."

Hermann meinte: "Aber jetzt könnten Sie doch das Singen wieder aufnehmen. Wo hatten Sie eigentlich ihre Ausbildung als Sopranistin erhalten?"
Elisabeth berichtete, dass sie an der Wiener Musikakademie ausgebildet worden sei. Später habe es sie nach Deutschland verschlagen. "Ich glaube, ich darf sagen, dass der Höhepunkt meiner Sopranistenlaufbahn mein Auftritt als Elisabeth im 'Tannhäuser' an der Berliner Staatsoper gewesen war. Das alles war vor dem Dritten Reich. Ich muss befürchten, dass meine Stimme in den zwölf Jahren Pause, wenn man von den besagten Abenden mit Ursula absieht, ziemlich eingerostet ist."

Gustav und Maria Schmid meinten, jetzt solle man sich doch das Anwesen einmal ansehen. Dann könne man besser verstehen, warum sich hier so viele Personen unbehelligt hätten aufhalten können und es besonders Elisabeth Klepner gelungen sei, ihre Anwesenheit zu verbergen. Man trat in das Innere, eine riesige Gaststube mit anliegender Küche, Waschküche und Diensträumen. Der große Innenraum war sehr geschmackvoll dekoriert mit Zinntellern, Fayencen und einigen Gemälden, auf die insbesondere Helmes hinwiesen. Gustav Schmid erläuterte, dass er häufig Künstler in seiner Pension unter Dach gehabt habe und diese ihn mit Kunstgegenständen bezahlt hätten. Er habe sich inzwischen eine 'ganz nette Sammlung' erworben. Darüber befanden sich dann die Wohnräume der Familienmitglieder und die der Hotelgäste. Klepners Raum befand sich ganz oben, unmittelbar unter dem Dach.
"Somit kam ich keinem in die Quere und sogar solche, die ganz in meiner Nähe ihre Zimmer hatten, wussten nichts von meiner Existenz", sagte Elisabeth.

"Ich nahm schaffende Künstler und Schriftsteller hier auf", fügte Gustav Schmid nicht ohne ein Quentchen Stolz hinzu. "Sagt Ihnen der Name Josef Winckler etwas?"
Zunächst allgemeines Schweigen. Hermann und Kinkele vermeinten, den Namen schon einmal gehört zu haben. Vielleicht wüsste seine Schwester, die doch eine solche Leseratte sei, mehr. Und so war es. Liesel bekannte: "Ich habe sein wohl bekanntestes Werk 'Der tolle Bomberg' gelesen. Das ist schon lange her, wohl in den Zwanziger Jahren. Ein sehr lustiges Buch, eine Art Till Eulenspiegel aus Westfalen. Ich habe sogar Hans ein paar Episoden

daraus vorgelesen. Dann schrieb er noch einen ebenfalls sehr spaßigen Roman über 'Doktor Eisenbart'. Er hatte viel Sinn für Humor und konnte einen zum Lachen bringen. Er muss ein unterhaltsamer Mann gewesen sein."

Hier schaltete sich Elisabeth Klepner ein: "Ich lernte ihn natürlich wie auch die anderen erst nach Kriegsende kennen. Er schien mir ein Gemütsmensch zu sein. Er war von fülliger Statur, warf sich gerne in diesen Sessel und genoss hie und da ein Likör. Er sprach mit viel Pathos und umwarb mich sogar ein wenig. Alles, was ich sagte, fand er 'großartig' oder 'fabelhaft'. Das hatte vielleicht mit dem Umstand zu tun, dass seine Frau auch Jüdin war. Darüber hatte er vorher verständlicherweise nie gesprochen. Jetzt aber posaunte er es bei jeder Gelegenheit heraus, dass er Adele Gidion aus Köln geheiratet habe, es ihm aber gelungen sei, sie in die Schweiz zu retten."
"Wie hatte er das denn geschafft?", erkundigten sich einige.
Elisabeth strich sich über die Stirn: "Er behauptete, dass er Beziehungen zu Himmler gehabt habe, die es ihr ermöglicht hätten, 1943 in die Schweiz auszureisen. Natürlich wurde von ihm die Scheidung von ihr abverlangt. Welcher Art die Beziehungen zum 'Reichsheini' (gemeint war Heinrich Himmler, der Reichsführer SS) waren, hat er mir nicht gesagt. Sein Buch war sehr populär und wurde sogar damals verfilmt. Vielleicht hatte man Mangel an Künstlern, die das Publikum so gut wie er unterhalten konnten. Jedenfalls habe ich gehört, dass er die Nazis nicht hofiert hatte, sondern sich politisch abseits gehalten habe."

Gustav Schmid ergänzte: "Er war ein umgänglicher Mensch und verstand es, sich anzupassen. Vor allem war er recht vorsichtig. In den allerletzten Monaten vor Kriegsende ging es auch hier turbulent zu und man musste einen klaren Kopf bewahren. Wir hatten Vertreter aller Weltanschauungen hier beieinander. Auch der Volkssturm schlug sogar hier seine Zelte auf, aber nur kurz, Gott sei Dank. Aber wir hatten bei uns sogar jemanden aus dem Generalsstab, den ich Kinkeles verdanke."

Hermann Kinkele schaltete sich ein: "Ja, das stimmt. Mein Schwager spricht von Oswald von Frankenberg, Major i. G. (im Generalstab). Das verhält sich so: Wir waren sehr gut mit einer gewissen Familie Lauterjung aus Solingen bekannt, die eine Messerproduktion besaßen. Ihre Tochter

Renate hatte besagten Oswald geheiratet. Im März 1945 traf Renate von Frankenberg ganz überraschend in Eisenharz ein und wir nahmen sie bei uns auf. Dass sie sich zu uns flüchtete, hatte ganz besondere Gründe. Ihr Mann diente zu diesem Zeitpunkt in der Panzerabwehrabteilung beim Generalstab in Stettin unter Generalleutnant Eberhard Rodt. Sie flüchtete sich wie so viele aus dem Rheinland hierher und sie hegte die vage Hoffnung, dass ihr Mann sich rechtzeitig von seiner hoffnungslosen Position in Pommern nach Westen würde absetzen können. Er war in der Lage gewesen, die meiste Zeit mit seiner Frau telefonisch in Verbindung zu bleiben. Renate wusste, dass wir über einen Telefonanschluss verfügten. Meine Frau war gerade im Begriff das Gästezimmer für sie herzurichten, als mir eine bessere Idee kam. Sie könne in meinem Arbeitszimmer übernachten. Das hatte sowohl ein Sofa als auch ein Telefon. Dieses Angebot nahm sie begeistert an. Somit konnte 'Oschi', so wurde er genannt, fast täglich seine Frau des Nachts anrufen.

Er diente als Major bei einem neu aufgestellten Panzerregiment. Die Russen standen bereits am Ostufer der Oder und das Ende war vorauszusehen. Im Radio war immer vom 'siegreichen Rückzug' der deutschen Truppe die Rede, aber das bittere Ende stand unmittelbar bevor. Renate war überglücklich über die nächtlichen Gespräche mit ihrem Mann. Somit wusste sie, dass er noch lebte und nicht in Gefangenschaft der Russen gefallen war. Möglicherweise hatte er in den Gesprächen Chancen für seine eventuelle Heimkehr in Aussicht gestellt. Jedenfalls stand er Anfang April urplötzlich mit seinem Koffer vor unserer Tür. Ein Wehrmachtslastwagen hatte ihn hier abgesetzt. Und nicht nur das. Er war im Besitz eines legalen Urlaubsscheins. Sein Vorgesetzter, General Rodt, hatte sich bei ihm erkundigt, wo seine Frau sich derzeit aufhalte und versah ihn mit einem offiziellen Auftrag. Er wurde abkommandiert, Ersatzteile für Panzerabwehrkanonen aus dem Dornier-Werk in Friedrichshafen zu beschaffen und wurde von ihm zusätzlich mit einem vierzehntägigen Urlaubsschein versehen. Alle waren des Lobes voll über diesen General, der nicht nur ihn, sondern auch andere auf diese Weise davor bewahrte, entweder in den letzten Tagen noch den Heldentod zu sterben, oder, was möglicherweise noch schlimmer war, in russische Kriegsgefangenschaft zu fallen. Auch der Lastwagenfahrer war somit fürs erste gerettet. Das Ehepaar von Frankenberg wollte sich eine neue Bleibe suchen und da kam meine

Frau auf die Idee, die beiden auf dem Bromerhof unterzubringen, wo es noch genügend Raum gab."

Jetzt spann Maria Schmid den Faden weiter. "Somit reihte sich das Ehepaar Frankenberg in unsere vielfältige Gästeschar ein. Er trug noch eine Weile seine Uniform. Anfangs nicht nur seinen Rock mit Kragenspiegel, sondern auch seine Uniformhose mit den vier Zentimeter breiten karmesinroten Streifen, im Volksmund 'Himbeerstreifen' genannt. Ich fand das im Stillen doch etwas auffällig. Gottseidank waren inzwischen auch unsere beiden Söhne Hugo und Otto heimgekommen. Beide waren von der Wehrmacht desertiert und kamen schon in Zivilkleidung an. Inzwischen war es bereits April geworden und es war vollkommen klar, dass wir von den Franzosen besetzt werden würden. Aber ehe sie wirklich hier eintrafen, zogen ganz andere Franzosen bei uns ein. Eines Vormittags, als die Vorhut der Franzosen noch relativ weit von uns entfernt war, arbeitete sich ein motorisierter Verband den Berg hoch und blieb vor dem Hof stehen. Die Fahrzeuge trugen französische Kennzeichen, aber der Konvoi war nicht bewaffnet. Ich holte sofort meinen Mann. Inzwischen hatte sich einer aus der Gruppe gelöst und sprach uns in Französisch an. Wir verstanden immerhin soviel, dass er sich als Pierre Laval vorstellte und um Quartier bat."

Hier wurde sie von den Zuhörern durch laute Rufe des Erstaunens unterbrochen. Kinkele, der als besonders wohlinformiert galt, da er auch während des Krieges sogenannte (natürlich verbotene) "Fremdhörer" empfangen hatte, mischte sich ein: "Jawohl, Pierre Laval. Er war ein bekanntes, hochrangiges Mitglied der Vichy-Regierung, die mit Deutschland kooperiert hatte. Er hatte sich besonders unbeliebt durch den Zwangsarbeitsdienst gemacht und wurde deshalb zum erklärten Feind der Résistance. Nach der Landung der Alliierten in Frankreich zog sich die Wehrmacht langsam zurück. Im September 1944 erging ein Führerbefehl, die Vichy-Regierung in Deutschland zu stationieren. Ihre noch verbleibenden Mitglieder wurden im Hohenzollernschloss in Sigmaringen untergebracht. Das sollte die provisorische Hauptstadt des besetzten Frankreichs werden. Noch ehe Sigmaringen am 22. April an die amerikanischen Streitkräfte fiel, beschlossen die Vichy-Franzosen unter Führung von Laval, ihr Heil in der Flucht zu suchen. Ihr Endziel war die

Schweiz und auf dem Wege übernachteten sie auf dem Bromerhof. Nun konnte sich Schmid einem ganzen Konvoi nicht verweigern. Man brauchte auch eine gewisse Zeit um herauszubekommen, mit wem man es zu tun hatte. Ich selbst hätte auch keine andere Wahl gehabt."

Maria Schmid fuhr fort: "Somit hatten wir eine ganze Schar ungebetener Gäste. Wir brachten sie erst einmal in den Gastraum. In diesem letzten Kriegsmonat war er mitunter zu einem Art Bahnhofsraum geworden, in welchem Abfahrende und Ankömmlinge den Platz wechselten. Diese hier hatten sogar Proviant mitgebracht. Man war beim Abladen, als die Frankenbergs von einem Spaziergang zurückkehrten. Da beide gut Französisch sprachen, war ihre Anwesenheit sehr hilfreich. Laval versicherte, er wolle hier nur rasten und werde in Richtung Süden weiterfahren. Tatsächlich blieben sie zwei Nächte und verschwanden dann in Richtung Bodensee. Sie waren noch nicht lange aus dem Haus, als ein anderer motorisierter Verband erschien, diesmal mit deutschen Kennzeichen. Es waren circa vierzig Männer vom Volkssturm. Ich muss kein sehr begeistertes Gesicht gemacht haben, aber natürlich konnte ich ihnen nicht den Aufenthalt verweigern. Bewaffnet waren sie auch. Ich musste ja auch daran denken, dass meine beiden Söhne keine Papiere besaßen und dass Elisabeth Klepner im Dachstübchen weilte. Deshalb verhielt ich mich ruhig und wies meine Töchter und Söhne an, Teppiche und Matratzen zu holen, um sie in der Gaststube unterzubringen. Ich war nicht daran interessiert, dass sie sich näher in den oberen Zimmern umsahen. Wir kochten Eintopf für alle. Unsere anderen Gäste wiesen wir an, sich möglichst nicht nach unten zu begeben. Sie zogen nach einem Tag wieder ab und wir atmeten auf. Man lebte von einem Tag zum anderen."

Hermann hatte eine Frage auf dem Herzen: "Ehe der nächste Ansturm auf diesen wunderschönen Bromerhof erfolgt, würde ich gerne wissen, wie es Pierre Laval weiter ergangen ist." Er blickte zu Kinkele hinüber, der auf ihn einging und weitere Details erläuterte:
"Ja, sein weiteres Schicksal ist bereits bekannt. Wie Sie alle wissen, hörte ich ja während dieser ganzen Jahre hauptsächlich Schweizer Sender und tue das heute noch, obwohl wir gottlob jetzt zusätzliche Quellen der Information haben. Laval flüchtete wirklich, wie er Gustav und Maria gegenüber angegeben hatte, in die Schweiz. Dort bat er um Asyl, was aber

klugerweise von den Schweizern abgelehnt wurde. Es war offensichtlich, dass die Nachkriegsführung unter De Gaulle in ihm einen Nazikollaborateur sah und seinen Kopf fordern würde. Man ließ ihn in das neutrale Spanien ausreisen. Vor nicht langer Zeit gab Franco dem Druck der USA nach und flog ihn nach Österreich aus, wo ihn die Amerikaner an Frankreich auslieferten. Dort sieht er seinem Prozess entgegen. Der Aufenthalt hier auf dem Bromerhof war wahrscheinlich für ihn der relativ idyllischste in den letzten Monaten. Aber lassen wir Maria weiter erzählen, wie der Krieg hier oben auf Isnyberg zu Ende ging." Er lehnte sich zurück und nickte seiner Schwägerin aufmunternd zu.

Maria erzählte weiter: "Am ersten Mai vernahm man hier oben auf dem Berg das Rasseln von Ketten. Von einigen Aussichtspunkten konnte man unten im Tal eine lange Reihe von Panzerwagen fahren sehen. Wer die meiste militärische Erfahrung hatte, war von Frankenberg, der die Fahrzeuge als französische identifizierte. Wir waren alle sehr aufgeregt, denn es nahte 'die Stunde der Wahrheit'. Nicht jeder war freudig erregt. Bei dem Major war eine gewisse Furcht und große Anspannung unverkennbar und einige Tage später vertraute mir Renate Folgendes an: Ihr Mann wolle nicht in französische Kriegsgefangenschaft fallen. Er habe vorher auch an der französischen Front gekämpft und das in einer Gegend, in denen es Kämpfe mit den Partisanen gegeben habe. Jetzt sei es ihr gelungen, ihren Mann zu überzeugen, sich von seiner Uniform zu trennen. Er war ja Mitglied des Generalstabs gewesen. Sie habe die Schulterstücke und Himbeerstreifen von seiner Uniform abgetrennt und das Ganze vergraben. Am selbigen Tage fanden sich ausnahmsweise alle in der Gaststube ein. Zum ersten Male erschien auch Frau Klepner."

Nun richteten sich die Blicke auf Elisabeth Klepner: "Für mich war das ein herrlicher Augenblick. Ich hatte unendlich lange auf ihn gewartet. Besonders der letzte Monat war für mich aufreibend gewesen. Ich wagte mich fast gar nicht mehr aus meinem Zimmer. Maria brachte mir die Mahlzeiten heimlich nach oben und ich lugte nur durch das Fenster hinaus. Besondere Angst stand ich aus, wenn Autos anrollten. Ich konnte ja nicht wissen, wer es im Einzelnen war. Ich musste doch bis zum Schluss damit rechnen, dass jemand mich entdecken und abholen konnte. Wenn ich dann von unten die lauten Rufe des Volkssturms vernahm, wagte ich mich auch nicht mehr an das Fenster. Vor allem aber bedrückte mich die Furcht, die Schmids könnten mithineingezogen werden. Eine Jüdin so frech hier zu verstecken! Ich brachte sie und ihre ganze Familie damit in Lebensgefahr. Aber am ersten Mai begann für mich ein neuer Lebensabschnitt. Maria kam nach oben und verkündete mir feierlich: 'Elisabeth, komm herunter. Der ganze Spuk ist vorbei. Die Franzosen sind unten im Tal. Wir stellen dich jetzt den anderen Gästen vor."

Elisabeth erzählte jetzt weiter: "Trotzdem zitterten mir ein wenig die Knie, als ich in die Gaststube hinunterkam und Gustav mich sozusagen offiziell vorstellte. Es stellte sich heraus, dass keiner der Anwesenden etwas gewusst hatte. Auch ihre Kinder nicht. Alle beteuerten, wie sie sich freuten, dass das Schreckensregime vorbei sei und man einen neuen Anfang vor sich hätte. Oben ganz in meiner Nähe hatten auch die Frankenbergs ein Zimmer. Sie hatten nicht gewusst, dass eine versteckte Jüdin unmittelbar neben ihnen einlogiert war und ich hatte keine Ahnung, dass er im Generalstab gedient hatte. Zivil war nunmehr allgemein die bevorzugte Kleidung geworden. Renate von Frankenberg erklärte mir, ihr Mann sei von der Wehrmacht desertiert und die Kinkeles hätten sie, wie mich, hierher gebracht. Ich hatte das unbestimmte Gefühl, dass ihr Mann dem Eintreffen der Franzosen mit größerer Spannung als andere entgegensah. Aber ein jeder musste seine eigenen Sorgen zurückhalten und allen gemein war der Dank gegenüber dem Ehepaar Schmid, das alle hier aufgenommen hatte. Ich blieb jetzt unten und feierte sozusagen mein Wiedersehen mit der Welt. Die Franzosen würden sich sicher bald hier zeigen und dann könnte ich mein Französisch gut anbringen. Wir hörten dann, dass die Franzosen in Isny Quartier genommen hatten. Es dauerte aber noch einige Tage, bis sie sich tatsächlich auf dem Bromerhof zeigten."

Maria wollte weiter erzählen: "Die Atmosphäre lockerte sich auf und des Abends pflegte man im großen Esszimmer beisammen zu sitzen und sich zu unterhalten. Eines Abends, als es besonders spät geworden war, vernahmen wir das Motorengeräusch von herannahenden Autos und dann ein heftiges Poltern gegen die Haustür. Mein Mann öffnete sofort und herein stürmten französische Soldaten, die alle Anwesenden aufforderten, mit ihnen nach Isny zu kommen. Man müsse sie verhören. Natürlich befolgten wir ihre Anweisungen und wir alle wurden auf französischen Fahrzeugen nach Isny zur dortigen Kommandantur gebracht. Elisabeth Klepner war auch dabei.

Es fehlte aber das Ehepaar von Frankenberg. Die beiden hatten sich früher zurückgezogen und befanden sich oben in ihren Zimmern. Der ganze Lärm war ihnen vollkommen entgangen und sie erfuhren die gestrigen Geschehnisse erst am folgenden Morgen. In Isny angekommen wurden wir mittels eines Dolmetschers verhört und sollten Angaben zu unserer Person machen. Die Franzosen suchten aber ein ganz bestimmtes Individuum, und zwar einen General. Man habe ihn des öfteren in unserer Gegend gesehen und er müsse auf unserem Hof sein. Alle versicherten, dass sie keinen solchen gesehen hätten. Hier schaltete sich Elisabeth Klepner ein und erzählte den Franzosen, sie sei Jüdin und Verfolgte des Naziregimes und sei über ein Jahr durch die Familie Schmid versteckt worden. Sie könne sich für die Wahrheit verbürgen. Das gab dem Ganzen ein anderes Gesicht und die Franzosen traten uns gegenüber nun freundlicher auf. Wir wurden kurz entschlossen wieder zurückgebracht.

Mittlerweile war uns vollkommen klar geworden, wen man suchte. Immerhin, ein General war der Besagte nicht. Elisabeth hatte ihn zu keinem Zeitpunkt mit seinen "Himbeerstreifen" gesehen und hatte nach bestem Wissen und Gewissen ausgesagt. Am nächsten Morgen berichteten wir den Frankenbergs das Geschehene. Sie beglückwünschten sich, all das verpasst zu haben, beschlossen aber auf der Stelle einen Ortswechsel vorzunehmen. Sie kamen bei einem anderen Bauern unter. Es war trotzdem zu befürchten, dass doch irgend jemand Frankenberg erkennen würde. Deswegen beschloss er etwas später, sich den Franzosen zu stellen. Er behauptete, sein Soldbuch verloren zu haben und gab sich als Hauptmann Otto von Frankenberg aus.

Für uns war der Krieg damit endgültig zu Ende."

Maria machte eine abschließende Pause und winkte dann einer hübschen, jungen Frau im weißgrünen Dirndlgewand zu, die sich an der Saalöffnung zeigte: "Trudel, sei so gut und bring uns die Flädli." Und zu ihren Gästen gewandt: "Ja, gell, solche Geschichten müssen auch gut verdaut werden."

Hermann wandte sich fragend an Kinkele. Dieser nickte: "Ja, das ist ihre Tochter. Trudel heißt sie. Hat öfter ihre Schularbeiten bei uns in Eisenharz gemacht." Trudel hatte gewelltes, dunkelblondes Haar und wirkte in ihrem adretten Dirndl mit weißer Schürze wie eine Inkarnation des Allgäus. Mit schüchternem Lächeln offerierte sie die Pfannkuchen. Als Hermann an die Reihe kam, wandte er sich direkt an sie: "Liebes Fräulein Trudel. Ich

möchte Sie etwas fragen." Sie lächelte ihn erwartungsvoll an. "Sie haben das Dritte Reich als Jugendliche miterlebt. Wie war es denn für Sie?"
Sie dachte einige Zeit über diese etwas ungewöhnliche Frage nach, die ihr sicher niemand vorher gestellt hatte und sagte dann mit entwaffnender Ehrlichkeit: "Ganz anders als für die Eltern. Wir Kinder wussten, dass Vater und Onkel Kinkele nicht für die Nazis waren. Als Hitler an die Macht kam, war ich neun Jahre alt. Auf einmal gab es die Hitlerjugend. Dort gab es tolle Spiele mit Gesang und Märschen. Wir wollten auch dabei sein und nicht nur auf dem Bromerhof bei den Eltern schaffen. Bei der Hitlerjugend wurden wir angesprochen und wichtig genommen. Wir wollten auch bei den Spielen und Lagerfeuern mitmachen. Außerdem war es so, dass wer bei der HJ war, samstags nicht in die Schule zu gehen brauchte. Der Vater war zunächst dagegen, gab aber am Ende nach. In dieser Zeit war es ja so, dass alles irgendwohin gemeldet wurde. Es war gefährlich irgend etwas gegen die Nazis zu sagen oder sogar sich betont von ihnen fernzuhalten. Über vieles wurde geschwiegen. Wir Kinder wussten auch nicht, wer Frau Klepner war. Erst als alles vorüber war, haben wir es erfahren. Heute weiß ich mehr und sehe die Dinge anders. Als Kinder haben wir alles geglaubt, was uns erzählt wurde."
Ihre Stimme wurde leiser und sie blickte zu Elisabeth Klepner hinüber: "Jetzt bin ich sehr froh, dass meine Eltern und auch Kinkeles das gemacht haben. Ich weiß nicht, ob ich den Mut dazu gehabt hätte."

13. "Mein schönes Fräulein, darf ich wagen, meinen Arm und Geleit Ihr anzutragen?"

Am folgenden Morgen kamen Hermann und die Helmes beim Frühstück noch einmal ausführlich auf die dramatischen Geschehnisse auf dem Bromerhof zurück. Es gab viel Stoff zum Nachdenken. Vor allem in Bezug auf Trudel, die ja ganz offen bekannt hatte, dass sie im Gegensatz zu ihren Eltern den Nazis geglaubt hatte. Wie geschickt hatten sie es doch verstanden, die junge Generation für sich einzunehmen!
Man stellte vielfältige Betrachtungen über diesen Gegenstand an, bis sich schließlich Hermann erhob und sich anschickte, nach draußen zu gehen.
"Vielleicht kann ich inzwischen die Milch von Harlachers holen", schlug er vor.
Liesel hantierte am Vorratsschrank herum und bat ihn dann, auch Eier mitzubringen.
Hermann bewaffnete sich mit einem Einkaufskorb und machte sich auf den Weg.
Er schlug den Pfad zum Harlacher Anwesen ein und ließ seinen Blick fast andächtig über die leuchtend grünen Wiesen und Obstbäume gleiten. Der Himmel war nahezu wolkenlos und versprach wunderbares Sommerwetter für den heutigen Tag. Er ging frohen Herzens seinem Auftrag nach.

Auf dem Rückweg erblickte er die vertraute Gestalt des Fräulein Vendt. Man begrüßte sich, Hermann setzte seinen Korb ab und ein Gespräch kam in Gang. Nach einigen, einleitenden Sätzen über das schöne Wetter kam sie ein wenig verlegen auf ein Thema zu sprechen, das ihr augenscheinlich am Herzen lag: "Herr Jülich, ich würde Sie gerne um etwas bitten. Ich benötige einen Bezugsschein, den man allerdings nur in der Kreisstadt Wangen bekommen kann. Aber nach Wangen darf ich nicht gehen, weil ja laut Vorschrift der Militärbehörden deutsche Personen sich nur bis zu einem Radius von drei Kilometer vom Ort entfernen dürfen. Aber das gilt nicht für Verfolgte wie Sie und deren Begleitperson. Außerdem sind Sie doch so gut bekannt mit dem französischen Kommandanten. Wenn ich also in Ihrer Begleitung sein dürfte ...?"

Hermanns Lächeln vertiefte sich: "Aber sehr gerne! Das mache ich. Ich kann auch ein Fahrrad von meinem Schwager ausborgen. Wann soll es denn sein? Ich bin frei!"
Sie zeigte sich spürbar erleichtert: "Sogar heute, wenn es Ihnen recht ist. Ich habe einen freien Tag."
"Das trifft sich gut. Ich auch. Können wir uns dann hier in einer halben Stunde treffen?"
Sie stimmte erfreut zu und man trennte sich eilig.

Hermann lieferte Eier und Milch ab und berichtete seiner Familie, welche Pläne er geschmiedet habe und dass er gerne das Fahrrad ausleihen würde. Bereits zwanzig Minuten später fanden sich beide an der verabredeten Stelle ein. Hermann machte eine einladende Handbewegung: "Mein schönes Fräulein, darf ich wagen, meinen Arm und Geleit Ihr anzutragen?"
Sie errötete leicht und nun wollte er wissen, ob sie den Text kenne.
Sie bekannte: "Nicht genau. Es ist etwas Dichterisches und ich glaube, dass ich es schon einmal gehört habe."
Er gefiel sich in seiner pädagogischen Rolle: "Es ist von Goethe aus seinem 'Faust'."
Sie nickte eifrig: "Aber gewiss, in der Schule sprach der Lehrer sicher davon, aber richtig gelesen haben wir es nicht."
Hermann erklärte ihr in Umrissen den Inhalt und zitierte noch einige bekannte Stellen. Sie fand Gefallen an seinem weltmännischen, gehobenen Ton und hörte ihm mit sichtlichem Interesse zu.

Alsdann bestieg ein jeder sein Fahrrad und sie traten gemeinsam den Weg nach Wangen an. Inzwischen hatte es sich merklich erwärmt. Der Himmel war blau und nur ein paar kleine Lämmerwölkchen waren zu sehen. Es war ein frischer und klarer Hochsommertag. Sie folgten erst einem ausgetretenen Fußweg. Zu beiden Seiten breiteten sich Wiesen aus, die im satten Grün leuchteten. An einigen Hängen grenzten Fichtenwaldungen die Hügel ab. Die Wegränder waren mit gelbem Hahnenfuß und weißen Margeriten gesäumt. Wiesen zeigten ihre bunte Blumenpracht und auf einigen Feldern blühten blaue Kornblumen und gelber Ackersenf, an feuchten Stellen vereinzelt lila-roter Blutweiderich. An manchen Aussichtspunkten hielten sie an und betrachteten die Landschaft, die sich wellenartig vor ihnen entfaltete. In Sichtweite lagen einzelne Gehöfte.

Weiter in der Ferne erblickte man Waldungen, verstreute Dörfer und hie und da blinkten blaue Tupfen von kleinen Seen im Sonnenschein.
Sie blinzelte etwas verträumt in den Sonnenschein und erklärte die Namen kleiner Ortschaften und Seen. Den 'Faust' hatten sie mittlerweile hinter sich gelassen. Hermann lauschte aufmerksam, sowohl auf den angenehmen, hellen Klang ihrer Stimme als auch auf den Inhalt. "Welche Frische und welcher Friede liegt in dieser Idylle", murmelte er und atmete tief durch.

Landschaft in der Umgebung von Eisenharz (Privatfoto)

Da sie nicht genau wussten, wie lange die Ämter in Wangen geöffnet sein würden, beschlossen sie zügig durchzufahren und den Rückweg beschaulicher zu gestalten.
Es war später Vormittag, als sie in Wangen eintrafen.
Sie schoben ihre Räder durch das massiv gemauerte Martinstor, welches den Eingang zu der malerischen Stadt bildete. Das kreuzgratgewölbte Tor besaß einen Turmaufbau im Renaissancestil. Im Stadtinnern angekommen suchte Veronika zunächst die Stadtverwaltung auf, während Hermann mit

kunstverständigem Blick die Bemalungen der Wände begutachtete und dann das Leben und Treiben ringsum beobachtete. Nach recht kurzer Zeit gesellte sich Veronika, nun im Besitz der besagten Bezugsscheine, wieder zu ihm und sie nahmen gemeinsam die Besichtigung der Stadt auf. Da es recht warm geworden war, schlug Veronika vor, ein schattiges Plätzchen aufzusuchen. Sie begaben sich zu einem Fußweg entlang der Oberen Argen, die sich seitlich der Stadtmauer schlängelte. Das klare Wasser des Flusses sprudelte in glucksenden Tönen über glattgeschliffene Steine und Unterwasserbeete, die ihre grünen Haarsträhnen in Richtung der Strömung herunterzotteln ließen. Sie beobachteten versunken, wie die kleinen Wellen übereinander purzelten, um dann ruhig und stetig weiter zu fließen. Unter einem Nussbaum fand sich eine umschattete Erhöhung, auf der sie sich niederließen und das Schauspiel der dahinströmenden Argen genossen.

Veronika streckte plötzlich ihren Finger aus und wies auf eine kleine, felsige Erhebung im Wasser: "Da, sehen Sie, sitzt ein Frosch und nimmt ein Sonnenbad."
Er entgegnete trocken: "Ich glaube, er zeigt Interesse an einem Libellenmenü oder an ein paar saftigen Mücken, die da herumschwirren. Ich würde letzteres empfehlen."
"Wahrscheinlich haben Sie recht. Was ihm recht ist, soll uns billig sein."

Sie zückte ein kleines Paket, welches sie in ihrem Ranzen sorgfältig verstaut hatte, hervor: "Hier, Herr Jülich. Ich habe ein paar Butterbrote zurechtgemacht. Dr. Etzrodt, die Sie übrigens grüßen lässt, hat mich besonders aufgefordert, diese herzurichten. Sie hatte gestern von einem Bauern als Bezahlung einen ansehnlichen Schinken bekommen und hat mir einen Anteil überlassen."
Sie öffnete ein kleines Paket und bot Hermann sehr appetitliche, mit Schinken belegte Graubrotscheiben an. Der zierte sich nicht lange und ließ es sich schmecken. Sie sprachen jetzt nicht viel und lauschten dem Rauschen des Flusses. Danach löschten sie ihren Durst an einem der Brunnen unweit vom Fluss und beschlossen, solchermaßen gestärkt, ihren Rundgang fortzusetzen.

"Es ist unglaublich, wie unzerstört dieser Ort und natürlich auch Eisenharz geblieben ist", ließ sich Hermann vernehmen und wies auf die Brücke, die

über das Gewässer führte. Ein Passant, der dies gehört hatte, mischte sich vertraulich in das Gespräch: "Gell, da haben Sie recht. Der 'Gröfaz' (größte Feldherr aller Zeiten) wollte ja den Endsieg um jeden Preis!" Der ironische Unterton war unüberhörbar. Er war noch nicht fertig: "Die von der Partei wollten ja auch hier Verteidigung spielen und gaben Anweisung, alle Brücken zu demolieren. Die Illerbrücke zum Beispiel haben sie gesprengt. Auch diese Brücken sollten zerstört werden, was ja blanker Unsinn war. Eigentlich sollten wir alle evakuiert werden. Aber wir hatten zum Glück unseren Karl Geiger. Der hat sich heimlich mit anderen zusammengetan, um all diese Maßnahmen zu verzögern und die Stadt kampflos den Franzosen zu übergeben."
"So ähnlich wie in Eisenharz", ergänzte Hermann.
"Freilich", bestätigte ihr redseliges Gegenüber. "Aber es gab im Argental immer noch ein paar Deppen (Idioten), die die Franzosen aufhalten wollten. Daraufhin schossen die Franzosen ein paar Granaten und die haben das Dach von der Wirtschaft Lanz beschädigt, aber nur leicht. Als man ihnen dann die Botschaft schickte, Wangen würde kampflos übergeben, hörte die Schießerei auf. Wir hissten schleunigst weiße Fahnen und dann marschierten die französischen Afrikajäger in die Paradiesstraße ein. Sie besetzten das Rathaus, wo Geiger sie erwartete. Unter den Franzosen waren auch viele Neger. Vor denen hatten wir eigentlich Angst. Sie sahen so schwarz und zum Fürchten aus. Aber am Ende ging alles besser als erwartet. Ein paar Wangener Kinder wollten sogar mit ihnen fotografiert werden."

Hermann erwiderte ernst: "Da sind die Wangener gut davongekommen. In den großen Städten im Ruhrgebiet sieht es böse aus. Keine Wohnungen, nur Staub und Ruinen. Hier lässt es sich schließlich leben."
"Wir haben hier eine Bäckerei, die 500 Jahre alt ist. Schauen's, da gegenüber ist die Fidelisbäckerei. Die machen bis heute das beste Brot hier. Heuer haben sie wohl geschlossen. Aber auf der Paradiesstraße, da gibt es auch eine wunderschöne Bäckerei. Gerade vorhin habe ich mir ein ofenfrisches Brot geholt. Ich kann's nur empfehlen." Er wies mit ausgestrecktem Arm in Richtung Paradiesstraße. Die zwei dankten ihm für seinen Hinweis und man trennte sich im besten Einvernehmen. Veronika beschloss sofort, dort ein Brot zu kaufen. Bis sie in Eisenharz zurück seien, wären die Regale bereits leer und die Frau Doktor habe keine Zeit.

Hermann war einverstanden und wollte auch seine Familie mit dem so warm empfohlenen Brot überraschen. Die gekauften Brote wurden auf dem Gepäckträger von Hermanns Rad festgeklemmt.
Neben der besagten Bäckerei gab es ein Café namens "Walfisch". Es war im oberen Wandteil mit bunten Fresken versehen. Diese nahmen sie zunächst eingehend in Augenschein: In der Bildmitte wälzte sich ein Ungeheuer mit grünem, drachenartigem Kopf und einem ebensolchen gewaltigen Schwanzende, welches das Meer aufpeitschte, durch die Fluten. Im Hintergrund befand sich ein stürmisches Meer mit riesigen Wellen. Das Monster spie aus seinem riesigen Maul durch das aufgewühlte Meer in Richtung Küste, ein mit hohen Stiefeln bekleidetes Menschlein aus. Dort stand ein schattenspendender Baum im Sand. In der Ferne flatterten die rotweißen Segel eines Schiffes.

"Aha", kommentierte Hermann, "das soll ein Walfisch sein. Ich habe noch keinen persönlich gesehen, aber bei diesem hier muss Siegfrieds Drachen Pate gestanden haben. Sieht auch recht bösartig aus. Können Sie raten, was diese Szene bedeuten soll?"
Veronika gab zu, dass sie das Bild nicht zu deuten vermochte. Vielleicht sei es etwas Biblisches, aber was?
Er nickte zustimmend: "Es handelt sich tatsächlich um eine biblische Geschichte, aber aus dem Alten Testament. Der Held ist ein gewisser Jonas, dem Gott auferlegt, in der sündigen Stadt Ninive ein göttliches Strafgericht zu verkünden, wenn man sich nicht bekehre. Jonas wollte sich diesem heiklen Auftrag entziehen und floh auf dem Schiff in die entgegengesetzte Richtung. Da aber ließ Gott einen Sturm aufkommen und die Seeleute warfen ihn ins Meer, nachdem das Los ihn getroffen hatte. Und siehe da, dort wartete schon der riesige Walfisch mit eben solchem Appetit auf ihn und verschlang ihn. Nach drei Tagen spie er ihn wieder aus, wobei er angesichts der vorangegangenen, traumatisierenden Erlebnisse einen recht munteren Eindruck erweckt, wie man hier sieht. Aber es tat seine Wirkung. Jonas machte sich solchermaßen gemahnt an die Erledigung seines göttlichen Auftrags. Am Ende gelangte er zu einem Rhizinusbaum und auch die Stadt Ninive ward gerettet." Er fügte noch einige amüsante Details hinzu, die sie ungemein anregend und belustigend fand.

Die Jonasepisode auf der Fassadenmalerei in Wangen (Privatfoto)

"Diese Geschichte hat uns der Pfarrer nie erzählt und wenn er uns Ähnliches vortrug, dann nie so, wie Sie das eben getan haben. Was soll die Jonasepisode bedeuten?"
"Da rühren Sie an den Kern der Sache. Für manche ist dies lediglich ein weiterer Beweis für die Allmacht Gottes. Für die Christen eine Anspielung auf Tod und Auferstehung. Bei Jesus spielte sich das in drei Tagen ab. Aber warum hat man das hier in der Stadt Wangen als Motiv gewählt, frage ich mich. Wahrscheinlich um die Einwohner zur Umkehr zu mahnen, denn diese sei Gewähr für die Rettung der Stadt."
Jetzt drehte er sich um und wandte sich fein lächelnd an sie: "Und hat es nicht geholfen in diesem Fall? Wurde nicht Wangen gerettet, so wie Ninive seinerzeit? In letzter Minute sagte sich die Stadt vom Übel los und blieb unversehrt."

Diese Deutung verschlug ihr fast die Sprache und sie erwiderte im Tone höchster Anerkennung: "Herr Jülich, wenn Sie der Pfarrer wären, würde ich täglich dreimal zur Predigt gehen. Ich gehe ja sonntags zur Kirche und höre auch zu. Aber meist sagt der Pfarrer das, was ich schon viele Male gehört

habe und auch in demselben tristen Tonfall, sodass mich ein Gähnkrampf überkommt und ich Mühe habe nicht einzunicken. Bei Ihnen ist das eine richtig spannende Geschichte und sie bringt einen zum Nachdenken."
Hermann nickte: "Die Bibel ist in Wirklichkeit ein ebenso faszinierendes wie mitreißendes Werk. Es bietet unendlich viel Gesprächsstoff. Aber ich glaube, wir sollten allmählich den Rückweg antreten. Wir könnten das gemächlich machen und etwas rasten, besonders an einem schönen Aussichtspunkt."

Das fand sie auch. Sie bestiegen erneut ihre Räder und als sie eine malerisch gelegene Anhöhe erreicht hatten und eine Bank im Schatten einer großen Birke entdeckt hatten, beschlossen sie, hier eine Pause einzulegen. Unter ihnen lag ein abschüssiger Hang, der mit Wiesenblumen übersät war. Sie setzten sich und ließen zunächst die Natur auf sich einwirken. Käfer summten und unzählige Schmetterlinge spielten in einer Wolke von Blumenstaub. Ein gewundener Pfad lief fast geradewegs auf einen kleinen See zu. Die Sonne warf wandernde Lichtkreise auf einen Trampelpfad. Sie folgten seinem Lauf mit den Augen. Hermann brach die Stille: "Vielleicht sollten wir einmal später zu diesem kleinen See wandern, Fräulein Vendt?" Sie nickte bejahend.
Er gab sich plötzlich einen Ruck: "Liebes Fräulein Vendt. Sie haben es heute gewagt, sich meinem Geleit anzuvertrauen. Wir hatten Gelegenheit, uns besser kennenzulernen und sind uns ein Stück nähergekommen. Wäre es nicht an der Zeit, das 'Sie' fallenzulassen? Was halten Sie davon, wenn wir uns mit unseren Vornamen ansprechen, ganz einfach Hermann und Veronika?"

Dieser Vorschlag schien ihr nicht ganz unerwartet zu kommen. Sie mochte selbst bereits daran gedacht zu haben. Sie wandte ihm ihr Antlitz zu: "Ja, da haben Sie ..." unterbrach sich und verbesserte sich, wobei leichte Röte ihr Gesicht überzog: "Du hast recht, Hermann."
Er stimmte zur Antwort mit Vehemenz ein bekanntes Lied an:
"Veronika, Veronika, Veronika, der Lenz ist da.
Veronika, der Lenz ist da.
Die Mädchen singen tralala.
Die ganze Welt ist wie verhext.
Veronika, der Spargel wächst!

Ach du, Veronika, die Welt ist grün.
Drum lasst uns in die Wälder ziehen.
Sogar der Großpapa sagt zu der Großmama,
Veronika, der Lenz ist da."

Nun stimmte sie lachend mit ein und erlaubte ihm, den neuen Bund durch einen Kuss zu besiegeln.
Solchermaßen eröffnete sich beiden eine neue Perspektive, die weit über die vor ihnen liegende Idylle hinausging. Plötzlich schreckte sie ein Vogelschrei über ihnen aus ihren zukunftsträchtigen Betrachtungen auf. Ein Habicht blickte mit funkelnden Augen auf sie herab.
"Der will unsere Brote." Veronika sprang auf in Richtung Fahrräder, die an eine Tanne gelehnt worden waren.
"Ach was, er hat etwas Besseres gesehen. Da hinten hoppelt ein Häschen. Wir wollen es warnen." Er klatschte in die Hände. Der kleine Hase hob die Lauscher und verschwand mit Blitzesschnelle in seinem Bau. Der Vogel hob verärgert seine Schwingen und musste sich sein Mahl woanders suchen.

Inzwischen hatten die zwei bemerkt, dass auf Hermanns Gepäckträger nur noch eines der zwei Brote übriggeblieben war. Das andere musste irgendwo heruntergefallen sein.
Hermann meinte spitzbübisch: "Wie schade, Veronika, wir haben dein Brot verloren."
Sie brach in schallendes Gelächter aus: "Das ist die Höhe! Mein Brot! So einen Frechdachs gibt es nur einmal."
Sie beschlossen, jetzt endgültig zurück zu radeln. Auf dem Rückweg setzte sich bei Veronika der Gedanke fest: "Bei diesem Mann lachst du an einem Morgen so viel, wie du in zwei Jahren zusammen nicht gelacht hast. Mit ihm wirst du keine Langeweile im Leben haben."
In Eisenharz angekommen verabschiedeten sie sich mit festem Händedruck.

14."Wie gut, dass wir rechtzeitig kapituliert haben"

Hermann wurde nach seiner Rückkehr von Wangen erwartungsvoll von seiner Familie über seinen Ausflug mit Fräulein Veronika befragt: "Na, wie war es denn in Wangen?" Er begnügte sich mit längeren Ausführungen über die Sehenswürdigkeiten von Wangen. Die Erkundigungen nach dem Fräulein Vendt hingegen beantwortete er sparsamer: "Sie hat alles zu ihrer Zufriedenheit erledigen können und überhaupt war die ganze Unternehmung sehr gelungen."
Die Helmes nahmen sich vor, der Sache in Zukunft weiter auf den Grund zu gehen. Aber am folgenden Tag erschien eine bemerkenswerte Veröffentlichung, die das Tagesallerlei zunächst verdrängte. Hermann war wie gewöhnlich morgens zum Bäcker geschlendert und hatte auf dem Rückweg auf dem Bekanntmachungsbrett die Titelseite der "Frankfurter Rundschau" überfliegen wollen. Vor dem Anschlagkasten hatte sich eine recht beachtliche Menge von Lesern eingefunden und er schloss zu Recht, dass etwas Besonderes vorgefallen sein musste.

Es war der 8. August. Allgemein war der Lesehunger immens, als wolle man sich für die vergangenen 'Durstjahre' der gesteuerten, lügnerischen NS-Presse entschädigen. Man wollte jetzt wissen, was wirklich in der Welt vor sich ging. Und es war bei Gott etwas Spektakuläres, was die Titelseite der "Frankfurter Rundschau" zu bieten hatte. Die Amerikaner hatten eine neue Bombe entwickelt, viel stärker als alle vorherigen und hatten diese über Hiroshima abgeworfen. Zehntausende seien dabei getötet worden. Wahrscheinlich würde das den Krieg in Japan beenden. Hermann eilte mit seinem Brot und dieser Sensation zurück zu den Seinen.
Hans meinte, die Japaner hätten schon lange die Einsicht gewonnen haben müssen, dass sie den Krieg gegen die USA nicht gewinnen könnten. Er schlug ein Treffen mit den Kinkeles vor, denn dieser sei der bestinformierte Mann vor Ort und Hermann wurde mit dem Auftrag fortgeschickt, bei dem Bürgermeister ein Treffen auszumachen.

Um vier Uhr nachmittags stellte man sich dort ein. Diesmal hatte Liesel einen Kuchen gebacken, den sie in ein Tuch eingeschlagen, noch ofenwarm offerierte.

Auch Hermann Kinkele war an diesem Meinungsaustausch sehr interessiert und es entspann sich ein lebhaftes Gespräch. Erst einmal wurden die bekannten Fakten konstatiert. Diese neue Bombe wurde "Atombombe" genannt und war am 6. August über der japanischen Stadt Hiroshima abgeworfen worden. Sie habe ein Zerstörungspotential, das alles bisher bekannte übertreffe. Man sprach zuerst über die Bombardierungen in Deutschland während des Krieges. Die Eisenharzer, die den Zweiten Weltkrieg in einer Art friedlichem Abseits verbracht hatten, konnten sich keine richtige Vorstellung von einem Bombenkrieg machen. Sie hatten diese sogenannten 'Christbäume' über größeren Orten höchstens aus weiter Ferne miterlebt. Liesel und vor allem Hans, hatten die schweren Bombardierungen von Düsseldorf durchmachen müssen und konnten ihren Zuhörern plastische Eindrücke vermitteln: "Die Briten bombardierten mit Brand- und Sprengbomben, auch in der Stadtmitte und in unserer Gegend. Sogar, wenn man im Luftschutzraum tief unter der Erde war und nicht direkt getroffen werden konnte, hatte man das absolute Gefühl der Hilfslosigkeit. Es gab solche zentralen Luftschutzräume, oft drei Stockwerke tief, zum Beispiel in Flingern. Dort unten war es muffig und modrig. Man hatte das Gefühl, dass einem die Luft genommen wurde. Einmal, bei einem Treffer ganz in unserer Nähe, als wir in unseren Keller flüchteten, erzitterte die Erde wie bei einem Erdbeben. Kalk und Mörtel löste sich von den Wänden und der Decke über uns und wir fürchteten zu ersticken."
"Die meisten hatten natürlich nur ihre Keller wie wir", berichtete Liesel, "und wenn das Gebäude über uns oder auch daneben direkt getroffen worden wäre, so wären wir verschüttet worden. Welche Erleichterung, ins Allgäu zu kommen und nicht mehr die Alarmsirenen hören zu müssen, die den Anflug von alliierten Bombern meldeten."

Hans berichtete über die Bombardierung von Neuss durch britische Lancaster Bomber im Winter 1944/45: "Wir als Soldaten hatten große Angst und es herrschte ein vollkommenes Chaos. Als wir einmal kurz vor Kriegsende in unserem Bunker voller Anspannung verharren mussten, diskutierte ich mit einem der Offiziere über die sogenannte Nützlichkeit des Bombardierens. Der sagte verächtlich: 'Alles überflüssig. Das bringt die Leute nicht zum Umdenken. Die schreien doch dem Goebbels weiter ihre Zustimmung zu, auch wenn er fragt: 'Wollt ihr den totalen Krieg'?"

Hermann warf ein: "Seid ihr sicher, dass die deutsche Bevölkerung in diesem Punkt Goebbels Reden voll und ganz zustimmte? Ich hege meine Zweifel. Geht es hier nicht um Massenhysterie? Eine solche Masse benimmt sich wie das verlängerte Sprachrohr des Agitators. Sie hat keine Zeit zum Nachdenken, sondern brüllt einfach los. Wahrscheinlich war die Bühne schon vorher durch verlässliche Elemente besetzt worden. Wenn eine bestimmte Zahl von Zuhörern Beifall kreischt, fällt der ganze Chor mit ein. Das ist der Herdentrieb. In meinen Augen ist Goebbels der größte Übeltäter nach Hitler. Er hat gewusst, was er tat, als er an die niedrigsten Instinkte appellierte. Er war die Verkörperung des Bösen in diesem Regime, ein wahrer Mephisto."

Kinkele stimmte zu und kam auf das vorherige Thema zurück. Er wollte wissen, was er, Hermann, als KZ-Insasse von diesen Angriffen auf die Zivilbevölkerung gehalten habe. Seine zwei Söhne waren im Krieg gefallen. Er fügte hinzu: "Im letzten Urlaub erzählte mir Dieter, unser Ältester, dass die Bombardierungen in der Heimat viele Soldaten sehr demoralisiert hätten. Sie waren wohl bereit, ihr Leben für ihre Familie einzusetzen. Dass sie aber ausgerechnet den Ihrigen, den Frauen, Kindern und Greisen, gar nicht helfen konnten, hat sie schwer getroffen. Viele büßten dadurch ihren vorher unverrückbaren Glauben an den Endsieg ein und empfanden den Kampf gegen den Feind als sinnlos. Natürlich sprach man über solche Themen nur streng vertraulich. Unser Sohn wusste ja, wie wir in der Familie darüber dachten. Man konnte schließlich wegen Wehrkraftzersetzung vor ein Kriegsgericht gestellt werden, wenn man sich über solche Themen bei den falschen Leuten ausließ. Hier in unserer Gegend gab es den bekannten Fall von Michael Kitzelmann aus Gestratz bei Isnyberg, wo sich Elisabeth Klepner ein Jahr aufhielt. Dieser streng katholische Bauernsohn war zu Kriegsbeginn zur Wehrmacht eingezogen worden und wurde 1942 vor ein Kriegsgericht gestellt, weil jemand seine kritischen Äußerung über antikirchliche Maßnahmen im Allgäu den Wehrmachtsbehörden hinterbracht hatte. Er hatte gesagt: 'Daheim reißen sie die Kreuze aus den Schulen und hier macht man uns vor, gegen den gottlosen Bolschewismus zu kämpfen.' Solch ein Vorwurf galt als ein todeswürdiges Verbrechen und er wurde durch ein Feldkriegsgericht verurteilt und hingerichtet."

"Ja, unter den Katholiken scheint es mehr Widerstandsfähigkeit den Nazis gegenüber gegeben zu haben, aber das ist ein besonderes Thema. Sie wollten wissen, was wir Gefangene von den Bombardierungen hielten?" fragte Hermann. "Nun, wir waren in erster Linie an dem Ende des Schreckensregimes interessiert. Alles, was uns diesem Endziel näher brachte, war uns willkommen. Natürlich sorgten wir, die wir Familie in Deutschland hatten, uns um ihr Überleben. Häftlinge aus anderen Ländern wie Polen, Russland und sonstigen zeigten sich erfreut. Man konnte von ihnen, denen Deutschland im Krieg so übel mitgespielt hatte, kein Mitleid erwarten. Sie hegten eher Rachegelüste."

Er fuhr fort: "Wir Buchenwälder erlebten ja selbst die Bombardierung der Gustloffwerke im August 1944 und dabei fanden ungefähr dreihundert Häftlinge den Tod. Es war eher Zufall, dass ich selbst gerade an dem besagten Tage nicht dort war. Ich war ja ebenfalls diesen Werken als Maurer zugeteilt. Bei diesem Angriff wurden aber auch SS- Leute getötet und für uns war die Hauptsache der große, irreparable Schaden, der diesem Rüstungswerk zugefügt worden war. Man fühlte sich der Befreiung wieder einen Schritt näher. Im großen Ganzen übte diese Bombardierung eine ermutigende Wirkung auf uns aus. Hier hatten sowohl die Zerstörung wie auch die Todesfälle einen Sinn. Schließlich wussten wir schon lange, dass täglich Tausende von Juden für nichts und wieder nichts vergast wurden. Wir waren also keineswegs erschüttert. Die vielen Jahre Haft mögen auch zu einer gewissen Verrohung bei uns beigetragen haben. Im Grunde bin ich eigentlich nicht für Angriffe auf zivile Ziele. Aber ich bin mir bewusst, dass die Alliierten nicht viel Wahl hatten. Hätte die britische Bevölkerung Sinn dafür gehabt, die Deutschen zu schonen nach alldem, was in Coventry und London durch sie verübt worden war? Wohl kaum. Politiker im Krieg sind gezwungen, zu handeln, schon aus moralischen Gründen. Etwas muss man tun, um die eigene Moral zu heben. In der Sache der Amerikaner in Japan gibt es noch die Frage der eigenen Verluste. Sehr wahrscheinlich mindert man diese erheblich, wenn man vorher die Angriffsziele bombardiert und den Feind schwächt. Ich wage das nicht zu beantworten."

Hans Helmes hakte hier ein: "Eben, das ist der springende Punkt. Die Russen haben fast alles mit Bodentruppen erreicht, aber Stalin opferte ja auch oft bedenkenlos seine Soldaten. Hat er nicht seine Streitkräfte aus

Prestigegründen in Stalingrad zu schnell vorangetrieben? Sie sollten zu seinem Geburtstag die Stadt eingenommen haben. Dabei sind sehr viele sowjetische Soldaten gefallen. Die deutsche Stellung dort war ja schon hoffnungslos von allen Seiten abgeschnitten. Die Amerikaner wollten und konnten das nicht. Eine Demokratie kann sich solche hohen Verluste nicht ohne Weiteres leisten."

Kinkele ergänzte: "Die Amerikaner wollten und mussten den Krieg gegen Japan beenden und ihre eigenen Soldaten schonen. Das haben verschiedene Kommentatoren im Radio betont."
Kinkele erinnerte daran, dass er während des gesamten Krieges den verbotenen Schweizer Sender gehört hätte: "Aus der Goebbelschen Presse konnte ich natürlich den wahren Sachverhalt nie erfahren. Deshalb hörte ich den in der Nähe befindlichen Fremdsender, obwohl das Reichsrundfunkgesetz das Abhören von Feindsendern bei Strafe untersagte. Das war der Schweizerische Landessender Beromünster. Man konnte ihn 1939 noch auf 556 kHz, später auf 531 kHz empfangen. Erst vernahm man ein Rauschen und dann ein heimeliges Pausenzeichen in Form eines melodischen Klingelspiels. Es handelte sich um einen unabhängigen Sender, der uns während des Krieges mit ungefälschten Nachrichten versorgte.
Aber wir gingen ja zu Anfang unseres Gespräches von dieser Nachricht über Hiroshima aus und ich wollte Ihnen erzählen, wie sich die hiesige Bevölkerung dazu stellt. Ich habe heute viele Stimmen im Ort in Bezug auf diese Bombardierung gehört und muss sagen, dass man allgemein eine gewisse Erleichterung empfand. Nicht wenige zeigten sich sogar erfreut und sagten offen: 'Die Hauptsache ist, dass es die Amerikaner sind, die diese Waffe besitzen und nicht die Russen.' Der Haupttenor war: 'Wie gut, dass wir schon kapituliert haben, sonst ...'
Ein anderer ging sogar so weit zu sagen: 'Eigentlich hätten die Amerikaner auch gleich eine solche Bombe auf die Sowjets werfen können. Dann hätten wir eine Sorge weniger.'

Mit solchen Gesprächen verging der Nachmittag und man war übereingekommen, auch in Zukunft gemeinsame Betrachtungen über die allgemeine Lage anzustellen und sich die politische Zukunft auszumalen.

15. Hermann erzählt

Am folgenden Tag war von Hiroshima keine Rede mehr. Nagasaki wurde kaum erwähnt. Die deutsche Bevölkerung nahm lediglich Notiz davon, dass somit der Krieg endgültig beendet war, denn Japan hatte kapituliert. Das nährte auch die Hoffnung, dass sich die Amerikaner von jetzt ab mit erneuter Energie dem Aufbau im zerstörten Deutschland zuwenden würden.

Die gemeinsamen Spaziergänge von Hermann und dem Fräulein Veronika fanden ihre Fortsetzung. Nur das lästige "Herr" und "Fräulein" war weggefallen. Eines Morgens führte ihn Veronika vor das Anschlagsbrett in Eisenharz. Dort war eine Sammlung von Fotos, die die Gräuel der KZs dokumentierten und zwischen den Bildern von Leichen und ausgemergelten Überlebenden schlängelte sich in großen Buchstaben die Überschrift: "Alle diese Schandtaten hat der Nationalsozialismus und seine Gefolgschaft verschuldet. Das wird nicht vergessen werden."

Auch andere Einwohner betrachteten die Bilder, um sich dann stumm und schnell hinwegzustehlen. Hermann und Veronika entfernten sich gleichfalls wortlos. Sie brach das Schweigen, sobald sie wieder allein waren. Ihre Stimme zitterte leicht: "Da waren auch Bilder von Dachau und Buchenwald. Da warst du doch."
"Ja", sagte er tonlos, "an beiden Plätzen war ich."
Und dann blickte er sie durchdringend an: "Und du willst wissen, wie es war?"

"Ja, ich muss Bescheid wissen. Ich muss wissen, was du durchgemacht hast."
Er zögerte: "Es ist schwer, diese Dinge in Worte zu fassen, aber ich will es versuchen. Hier, in dieser Normalität, in diesem schmucken Dorf, in dem sich die Menschen freundlich grüßen und anlächeln, kann man sich schwer vorstellen, wie man im Dritten Reich mit den Juden und auch sogenannten anderen Feinden des Reiches umging. Es fing eigentlich am ersten Tag meiner Verhaftung schon an im Jahr 1936, als mich Kommissar Brosig in Düsseldorf im Gefängnis verhörte. Es ging um meine Kontakte zu den Kommunisten einerseits und dem Kaplan Rossaint andrerseits, dem ich

kommunistische Broschüren überbracht hatte. Nachdem ich nur einige Angaben gemacht hatte, von denen ich annehmen konnte, dass er sie sowieso schon kannte, stand er auf einmal auf und sagte: 'Leg dich über den Tisch!' Dann lockerte er seinen Gürtel.

Ich glaubte erst, mich verhört zu haben. Wollte er mich wie ein Kind züchtigen? Und das war genau, was er beabsichtigte. Er wollte seinem Gefangenen erst die Würde nehmen. Ich sollte verstehen, dass ich wehrlos und rechtlos geworden war. Ich war in der Skala der gesellschaftlichen Normen auf die untersten Sprossen gesunken. Viele Gefangene haben solche Herabwürdigungen und Demütigungen innerlich zerbrochen und ihnen jede Widerstandskraft geraubt. Natürlich war dies nur ein geringer Vorgeschmack von dem, was einen später, im Lager, erwartete. Im großen Ganzen waren die Schläge, die er mir bei dieser Gelegenheit auf das Gesäß verabreichte, nur eine Lappalie, gemessen an dem, was im KZ auf mich später zukommen würde.
Ich will dir nur ein Beispiel nennen, um dir einen Begriff davon zu geben, was ein Häftling in einem Lager durchzustehen hatte. Da waren zum Beispiel die Zählappelle auf dem Appellplatz. Alle Häftlinge hatten sich dort morgens und abends einzufinden und wurden gezählt. Da das Lager manchmal mehrere tausend Mann zählte, konnte so etwas lange dauern, auch in Kälte und Regen. Im Februar 1939, noch vor Kriegsausbruch, mussten wir einmal drei Stunden stehen, und zwar nackt. Die Frau vom Kommandanten Koch, die sogenannte 'Kommandeuse' stand zusammen mit anderen Weibern auch dabei. Sie amüsierten sich königlich über das gebotene Schauspiel und weideten sich an diesem Anblick von halb erfrorenen Leibern, die von einem Fuß auf den anderen traten, um sich die Blutzirkulation zu erhalten. Ich weiß heute nicht mehr, wie ich es damals durchgestanden habe, aber ich habe es geschafft.
Vielleicht verstehst du, warum ich mir heute wenig daraus mache, was man eventuell über mich denken könnte. Ich mache einfach das, was ich für richtig halte. Diese Weiber waren mir vollkommen gleichgültig. Ich wollte nur eins, überleben."

Veronika schluckte und fragte dann sehr leise: "Hast du jemals an Flucht gedacht? Gab es da keine Möglichkeit?"

"So gut wie nicht. Das war eines der ersten Dinge, über die uns die Kameraden, die schon länger in Haft waren, aufklärten. Es mag für den Häftling möglich sein, beispielsweise in einem Außenkommando, sich fürs Erste unbemerkt davon zu schleichen. Aber was dann? Er ist doch durch sein Aussehen bereits gebrandmarkt: der kahle Schädel, die Häftlingskleidung und das ganze elende Aussehen. Welcher Normalbürger riskiert es, einem solchen weiterzuhelfen? Ohne Papiere, ohne Mittel?
Wenn man wieder erwischt wurde, was fast unweigerlich geschah, so war man des Todes. Eigentlich musste man sich auf noch Schlimmeres gefasst machen. Es gab einen solchen Häftling bei uns namens Forster, dem zunächst die Flucht aus Buchenwald gelungen war, der dann aber wieder eingefangen wurde. Ich habe heute noch die knarrende Stimme von Hauptsturmführer Hackmann, genannt Johnny, in den Ohren, wie er triumphierend auf dem Appellplatz die Aufgreifung und Wiedereinlieferung von Forster meldete. Er proklamierte mit dem ihm eigenen höhnischen Unterton: 'Tja, wir haben den Vogel eingefangen.' Dann haben sie Forster vor unser aller Augen zuerst gequält und dann gehängt. Aber das war noch nicht alles. Man verhängte auch Strafen über seine Kameraden. Das war üblich. Die müssten doch von seiner Absicht gewusst haben und sollten es schwer büßen. Nein, Flucht kam nicht in Frage. Meine einzige Rettungsmöglichkeit sah ich in einer eventuellen Auswanderung zu der Zeit, als man die Juden noch los werden wollte. Mein Schwager hat wirklich alle Hebel in Bewegung gesetzt, aber in meinem Fall - ich war doch ein gefährlicher Feind des Reiches - gelang es nicht. Ich musste bis zur Befreiung von Buchenwald am 11. April warten."

Veronikas Augen verschleierten sich. Sie hatte jedes Detail in sich aufgenommen und versuchte, diese Ungeheuerlichkeiten mit dem ruhig einherschreitenden Mann neben ihr in Einklang zu bringen. "Wenn du jetzt einem solchen Scheusal wie diesem Johnny begegnen würdest, was dann?", stieß sie hervor.
Hermann überlegte nicht lange: "Ich glaube, ich wäre fähig, ihn zu töten. Oder aber ihn dem Gericht auszuliefern und all das in die Welt hinauszuschreien. Aber ich will nicht in die Politik. Ein Kamerad, den ich in Düsseldorf traf, wollte mir das vorschlagen. Aber ich weiß etwas Besseres, nämlich ein neues Leben zu beginnen und eine neue Familie zu gründen, und zwar mit dir", und sah ihr dabei voll ins Gesicht.

Die Röte stieg ihr in die Wangen. Sie nickte fast unmerklich: "Auch ich möchte das. Aber wie soll es vor sich gehen? Du bist ja verheiratet und hast Kinder."
Er legte seine Worte sorgfältig zurecht: "Ich bin noch verheiratet. Ich kehrte ja nach der Entlassung aus dem Lager zunächst nach Düsseldorf zurück und möchte dir darüber erzählen. Erst ging ich zur Brachtstraße 31, zur Wohnung von meiner Schwester und meinem Schwager. Dort fand ich Hansens Schwester vor. Sie empfing mich mit großer Freude. Ich vernahm dann, dass Hans sich ins Allgäu zu meiner Schwester abgesetzt habe und dass meine Frau Änne in der Degerstraße mit ihrem kleinen Töchterchen wohne."
Sie unterbrach ihn: "Ich habe gehört, dass du zwei Söhne hast. Ein Töchterchen? Das ist mir neu."
"Ich persönlich habe auch kein Töchterchen. Dieses Kind hat Änne 1939 auf die Welt gebracht, als ich schon drei Jahren verhaftet war. Ich war also vollkommen verhindert, die Vergrößerung meiner Familie selbst in die Hand zu nehmen. Natürlich hatte mir das keiner brieflich gemeldet. Es wäre ja auch sinnlos gewesen. Diese Wendung in meiner Ehe war aber für mich nicht vollkommen unerwartet. Denn von einem bestimmten Zeitpunkt an hörte Änne auf, mir ins Lager zu schreiben. Ich drang in meine Schwester, mir den Grund zu nennen. Aber sie ging darauf nicht ein und riet mir, mich bedeckt zu halten. Ich verstand, dass es in meiner Lage nicht ratsam sei, meinen ehelichen Status mit einer Arierin zu verändern und so weiterzumachen wie bisher. Auch vorher war die Korrespondenz über meine Schwester gelaufen und von jenem Zeitpunkt an erst recht. Selbstverständlich machte ich mir meine Gedanken und der Prozess einer inneren Loslösung von ihr begann, Gestalt anzunehmen, ohne dass ich mir dessen direkt bewusst wurde. Ich darf nicht verschweigen, dass es kurz vor meiner Verhaftung bereits ernsthafte Verstimmungen in dieser Ehe gegeben hatte, die gewiss unter normalen Verhältnissen zu einem Bruch geführt hätten. Ich kam aber erst ins Gefängnis und dann ins KZ und verdrängte solche Impulse. Ich musste mich auf den täglichen Kampf des Überlebens konzentrieren.

Bei meiner Rückkehr nach Düsseldorf im Juni 1945 musste ich mich mit den neuen Realitäten dann doch auseinandersetzen. Ich machte mich mit meinem Köfferchen auf zu der besagten Adresse meiner Frau. Ich klopfte an die Wohnungstür in der Degerstraße 51, aber keiner antwortete. Da ging die Tür nebenan auf und eine hagere Frau in mittleren Jahren trat heraus und wollte wissen, wer ich denn sei. In dieser Zeit gab es viele, die ihre Familie suchten. Deutschland war ein Volk von Suchern und Gesuchten geworden. Ich nannte meinen Namen und den meiner Frau und sie gab mir außerordentlich bereitwillig Auskunft. Ja, hier wohne die Frau Jülich, aber die sei zur Zeit nicht zuhause. Sie arbeite bei der Bahn und würde sicher sehr bald zurückkommen. Ich wisse doch hoffentlich, dass sie ein kleines Mädchen habe, das Ursula heiße. Sie erzählte das mit einem vielsagenden Unterton und war ohne Zweifel neugierig auf meine Reaktion. Ich ließ mir nichts anmerken, aber die Frau war nicht zu bremsen und spendete mir eine recht detaillierte Übersicht über das Tun und Lassen meiner Frau in den letzten Jahren. Was das für eine gewesen sei. Sie habe es mit mehr als nur dem getrieben, welcher der Vater von der kleinen Ursula gewesen und später im Krieg gefallen war. Sie sprudelte all dies mit größter Selbstzufriedenheit und nicht ohne Schadenfreude heraus. Ich machte ihr nicht die Freude mitzuspielen und über meine Frau herzufallen, sondern bedankte mich höflich für die Auskunft. Sie musste wohl gewusst haben, wie ich die letzten zehn Jahre verbracht hatte, aber sie fragte nicht danach. Das Gespräch schloss sie mit dem allgemein üblichen Stoßseufzer ab, 'was sie alles mitgemacht hätten in diesen furchtbaren Zeiten.' Ich dachte bei mir selbst, dass ich auch Änne anhören müsste, denn 'eines Mannes Rede ist keines Mannes Rede'. Sie erschien dann auch nach kurzer Zeit. Als sie mit einer Einkaufstasche bewaffnet um die Ecke kam, stutzte sie nur kurz. Sie warf mir einen lebhaften Blick des Erkennens zu, umarmte mich kurz und zog mich schnell in das Hausinnere. Wahrscheinlich hatte sie bemerkt, wie sich die Gardinen im Fenster über uns bewegten und wollte keinem ein Schauspiel bieten. Wohl am wenigsten ihrer Nachbarin.

Ich ließ ihre dann folgende, emotionale Begrüßung ein wenig steif über mich ergehen. Sie betonte wiederholt, wie sehr sie sich freue, dass ich leibhaftig vor ihr stünde und wie schwer die Trennung für sie gewesen sei. Beides war durchaus glaubhaft. Sie hatte unverkennbar schwere Jahre hinter sich. Man hatte sie bedrängt, sich von mir scheiden zu lassen. Und sie hatte sich geweigert und ich musste das anerkennen. Sie hatte zuerst für zwei Kinder aufkommen müssen, und dann sogar für drei, wobei ihr die Helmes zwar tatkräftig beigestanden hatten, aber allein war sie trotzdem gewesen.

Ich konnte für vieles Verständnis aufbringen und ließ dies auch durchblicken. Sie schluckte dann tapfer und brachte langsam und zögerlich ihr Geständnis vor. Ich war natürlich vorbereitet und hörte mir alles regungslos an. Wusste ich doch bereits von ihrer Nachbarin, dass sie das Kind zu ihrer Schwester gebracht hatte, weil sie mein Kommen erwartete. In der Altstadt war eine Liste aller Düsseldorfer Bürger veröffentlicht worden, die die Lager überlebt hatten und auch mein Name war darunter. Sie hatte es sich also ausrechnen können, dass ich in allernächster Zeit auf der Bildfläche erscheinen würde. Ich sollte bei der erwarteten Zusammenkunft nicht mit der Anwesenheit des kleinen Mädchens, ihrem 'Fehltritt', konfrontiert werden. Aber am Ende musste es eingestanden werden.

Nachdem sie ihre Beichte abgelegt hatte, meinte ich: 'Nun, Änne, ich weiß, dass zehn Jahre eine lange Zeit sind, für jeden von uns beiden. Jetzt wollen wir sehen, wie wir die Sache angehen.' Damit ließ ich eigentlich alles offen. Ich wollte Zeit gewinnen. Vor allem wollte ich auch unseren gemeinsamen Sohn, das Hänschen, sehen. Er war nicht in Düsseldorf und war wie viele andere Kinder während der Bombardierungen bei Pflegeeltern im Sauerland untergekommen. Er war erst drei Jahre alt gewesen, als ich verhaftet wurde und ich wollte das unschuldige Kind nicht verlieren. Er hatte zehn Jahre keinen Vater gehabt und das wollte ich wettmachen. Wie genau, wusste ich noch nicht. Änne gab mir zu verstehen, dass dieses Zusammentreffen mit dem kleinen Hans sich nicht umgehend bewerkstelligen lasse. Die Verkehrswege und das Postwesen waren noch nicht auf der Höhe, um es milde auszudrücken. Ich nahm diesen Aufschub in Kauf. Es mochte mir Zeit zum Überdenken geben. Ich war mir klar darüber, dass diese Jahre nicht spurlos an uns beiden vorübergegangen waren. Ich war ein anderer geworden und sie ebenfalls. Ich wollte herausfinden, welchen Menschen ich nun vor mir hatte. Es stellte sich heraus, dass ihre mir von früher bekannte Oberflächlichkeit dieselbe geblieben war. Sie sprach viel und sagte wenig. Sie erkundigte sich auch nur sehr kurz nach meinen Erlebnissen in den vergangenen Jahren. Vielleicht aus Verlegenheit, vielleicht aus echtem Mangel an Interesse.
Was mir dann endgültig die Augen öffnete, war ein Besuch meines Lagerkameraden Werner Neukircher bei uns. Sie verhielt sich wie eine sorgsame Ehefrau, indem sie ihm den berüchtigten Muckefuck anbot und

eine Scheibe Brot mit Marmelade, wobei sie sich gleichzeitig für die Dürftigkeit der Gaben entschuldigte. Neukircher versicherte ihr höflich, dass ihm das nichts ausmache und so seien eben die Zeiten. Daraufhin fiel sie im Düsseldorfer Dialekt ein: 'Ja, dat sagen Sie so. Aber et is wirklich furchtbar, was sie so mit de Leute machen. Ma kann die Bejabung kriejen ..' und lamentierte über die Not der Bevölkerung während des Krieges und danach. Neukircher hob leicht erstaunt seine Brauen und warf mir einen verwunderten Blick zu. Es war ihm von den Augen abzulesen, was er dachte: 'Ist dieser Klagegesang über Belangloses nun die Quintessenz des Daseins in Deutschland? Das Anstehen für Nahrung, die Schwierigkeiten im städtischen Verkehr? Und das uns gegenüber, die wir tagtäglich um unser nacktes Dasein bangen mussten. Gibt es keinen anderen Gesprächsstoff für unsereinen?' Änne merkte nichts und plapperte weiter.
Er gab der Unterhaltung eine andere Wendung und verabschiedete sich kurz darauf von uns. Sein Blick aber war sprechend genug gewesen: 'Lieber Hermann, was für eine Ehefrau hast du da?'
Das ging mir nicht mehr aus dem Kopf und der Gedanke, dass dieser Ehe keine Zukunft beschieden sei, setzte sich mehr und mehr bei mir fest.

Inzwischen war auch der Termin unseres Zusammentreffens mit Hans herangerückt und wir machten uns auf den Weg ins Sauerland zu einer Familie namens Ohlig, die den nun Dreizehnjährigen betreute. Ich sah diesem Ereignis nicht ohne innere Erregung entgegen. So wenig mich das Wiedersehen mit Änne erschüttert hatte, so groß war meine Rührung, nun endlich nach zehn Jahren der Abwesenheit meinem Sohn gegenüber zu stehen. Fürs erste mussten wir warten. Die Ohligs zeigten sich freundlich, wussten nur das Beste über ihr Pflegekind zu sagen und einer ging, um das Kind zu holen, das in der Umgebung mit seinen Freunden spielte. Vielleicht war der weitere Verlauf unseres Zusammentreffens eben diesem Umstand zu verdanken, dass man ihn ohne Vorwarnung aus seiner Lieblingsbeschäftigung herausgerissen hatte. Jedenfalls gestaltete sich das Wiedersehen für mich in höchstem Grade ernüchternd und enttäuschend. Ein blonder, zarter Junge mit frischen, rosigen Wangen, den ich sofort wiedererkannte, trat sehr zögerlich und zaudernd auf uns zu. Änne rief ihm zu: 'Geh zu deinem Papa. Hier ist er! Ich hab dir doch versprochen, dass er kommen würde.' Das Kind ging trotzdem zuerst zu seiner Mutter, was ganz natürlich war, und näherte sich mir dann langsam und unverkennbar

widerwillig. Ich konnte es aber nicht abwarten und schlang meinen Arm um den Langentbehrten. Auch drückte ich ihm einen Kuss auf die Stirn und sprach freudig bewegt auf ihn ein: 'Hänschen. Ich bin dein Papa. Ich freue mich so, dich zu sehen. Nun können wir wieder zusammensein!'
Nun geschah etwas Unerwartetes. Der Kleine begann zu weinen. Dicke Tränen kullerten ihm die Wangen herunter. Seine Mutter drang unwillig in ihn: 'Was hast du denn? Dein Papa ist zurück.'
Auch ich wollte mich ihm annähern und sprach ihn eindringlich an: 'Hänschen, du wirst mit uns nach Düsseldorf kommen. Dann sind wir wieder zusammen und du hast einen Papa. Wenn nachher die Schule beginnt, werden wir zusammen Hausaufgaben machen und uns ein schönes Leben machen.'
Das Kind reagierte mit hartnäckigem Schweigen. Es war offensichtlich, dass ihn meine Wiederkehr keineswegs erfreut hatte. Wir gingen ins Haus, um uns zu besprechen. Die Ohligs meinten, man solle vielleicht die Rückkehr verschieben, bis sich die Lage in Düsseldorf verbessert habe. Sie hatten ihn zweifellos liebgewonnen und auch er zog ohne Weiteres das Dasein bei den Pflegeeltern vor. Auch Änne schien diese Lösung vorteilhaft. Überdies wollte sie Zeit gewinnen, da das Problem der kleinen Ursula noch ungelöst schien. Man verabschiedete sich dann mit der vagen Zusicherung, sich in Bälde wiederzusehen. Das Hänschen zeigte sich sichtlich erleichtert. Mich aber bewegten ernsthafte Bedenken."

Hier machte Veronika Einwände: "Lieber Hermann. Was hattest du erwartet? Du musst doch ein Fremder für das Kind gewesen sein. Seine Reaktion ist verständlich. Er muss dich wieder kennenlernen."
Ihr warmes Eintreten für das Kind machte Eindruck auf Hermann. Er hatte schon vorher mit Wohlwollen registriert, dass sie sich auf den Umgang mit Kindern verstand.
"Ja, du hast sicher recht. Er muss sich an mich erst gewöhnen. Es war eben so plötzlich über mich gekommen. Ich hatte mir gerade dieses Wiedersehen so ganz anders ausgemalt. Man muss langsam an die Sache herangehen. Mit dir zusammen würde es gelingen. Da bin ich mir sicher."
Sie erinnerte ihn daran, dass er ein verheirateter Mann sei.
"Aber Veronika, das eben will ich dir erklären. Für mich ist diese Ehe mit Änne bereits Vergangenheit. Darüber habe ich vollkommene Klarheit gewonnen. Das wissen auch die Helmes bereits. Ich habe nur formell noch

nichts unternehmen können. Ich glaube, dass ein deutsches Gericht einer Scheidung nicht im Wege stehen wird, nachdem Änne nachweislich Ehebruch begangen hat. Vielleicht hat sie mir damit sogar einen großen Gefallen getan."

Veronika hörte ihm aufmerksam zu: "Und dein zweiter Sohn?"
Hermann lächelte: "Ja, meine Familiengeschichten sind für eine gute Katholikin ein wenig unkonventionell. Mein älterer Sohn, Alfred, stammt aus einer früheren Beziehung und ist ein bisschen unehelich. In der Mitte der zwanziger Jahre besuchte mich eine alte Bekannte und fragte, ob sie bei mir eine kurze Weile übernachten könne. Sie suche ein Obdach, das ich ihr gerne gewährte. Der Besuch zeigte neun Monate später unerwartete Folgen. Ich bekam eine Mitteilung vom Sozialamt, die besagte, dass ich Vater geworden sei. Das beruhte auf der Angabe von dieser Luzy. Ich bekannte mich auch zu der Vaterschaft, obwohl einige Freunde mir davon abrieten. Es sei doch nicht beweisbar und dergleichen. Als ich mich dann zur Ehe mit Änne entschloss, machte ich es zur Bedingung, Alfred in die Ehe einzubringen. Luzy war zum Verzicht bereit und wir blieben fortan nur in brieflicher Verbindung."

Hans (links) und Alfred vor Hermanns Verhaftung (Privatfoto)

Veronika nickte zustimmend. Diese Reaktion ihrerseits hätte Hermann kaum vermutet. Er hatte erwartet, dass sie angesichts seiner offen eingestandenen Liebschaften eher tadelnd ihre schönen Brauen hochziehen würde. Stattdessen sagte sie einfach: "Ich finde es wunderbar, dass du dieses Kind haben und aufziehen wolltest. Was ist jetzt mit ihm?" Selbst seine amourösen Abenteuer schienen sie zu faszinieren.

Hermann erwiderte bereitwillig: "Alfred, oder Fredy, wie wir ihn nannten, wurde vor einem Jahr zur Wehrmacht eingezogen. Er hat sich bezeichnenderweise bei den Rückzugsgefechten eine leichte Verwundung am Gesäß zugezogen und ist noch in britischer Kriegsgefangenschaft. Sein Halbjudentum wurde dadurch kaschiert, dass er unter dem mütterlichen Namen registriert wurde. Er wird sicher bald auftauchen."

Sie hätten ihr Gespräch fortgesetzt, wenn nicht Veronika mit einem schnellen Blick auf ihre Uhr ausgerufen hätte: "Jetzt muss ich aber heimgehen. Es ist schon spät!"

16. Eine Wallfahrt nach Maria-Thann

Helmes und Hermann nahmen das Frühstück an einem schönen Sonntagmorgen auf einer Bank vor der Küche ein. Der Sommer im Jahre 1945 brachte langanhaltendes Schönwetter. Fast jeder Tag wies einen tiefblauen Himmel und wärmenden Sonnenschein auf. Auch Hermann registrierte das voller Befriedigung: "Wir haben wieder Herrgottswetter. Das muss man ausnützen."
Liesel warf ihrem Bruder einen sprechenden Blick zu: "Ziehst du heute wieder los, Hermann?"
Er leerte seine Tasse und erhob sich: "Du hast es erraten. Ich würde mir gerne mal die Kirche in Maria-Thann ansehen. Soll ein schönes Bauwerk sein. Darf ich mir dazu wieder euer Fahrrad ausleihen?"
Hans nickte zustimmend: "Wahrscheinlich ist die schöne Veronika mit von der Partie?"
Hermann schmunzelte: "So ist es. Ich brauche doch einen, der den Weg kennt."
Hans hob halb scherzhaft, halb mahnend den Zeigefinger. Hermann wusste, dass beide, Schwester und Schwager, der sich entwickelnden Beziehung ein wenig reserviert gegenüberstanden und erhob sich von seiner Bank. Hans hatte hier und da eine Bemerkung fallen lassen, dass das Fräulein Veronika ziemlich unzuverlässig sei. Sie sei bekannt dafür, sich zu verspäten. Hermann gab zu, dass sie sich nicht immer pünktlich einstelle und sich in Hinsicht auf die Kleinkinder dafür entschuldigt habe. Abgesehen davon war er grundsätzlich keineswegs gewillt, sich in eine Unterhaltung über Veronika verwickeln zu lassen und schwang sich nun behende auf das Fahrrad, wobei er sich lächelnd von seiner Familie verabschiedete.

Wenige Minuten später löste sich eine schlanke, wohlbekannte Gestalt aus dem Türrahmen der Praxis von Dr. Etzrodt und stieß mit einem recht ausgedienten Fahrrad zu ihm. Sie winkten sich kurz zu und Hermann überließ Veronika die Führung zu ihrem gemeinsamen Ziel. Sie radelten ein kurzes Stück auf der Landstraße und bogen bei einem Wegweiser links ab. Rings umher breiteten sich sattgrüne Wiesenlandschaften aus und am Wegesrand leuchteten die Butterblumen in voller Pracht. In der sonntäglichen Stille war nur das eintönige Summen der Bienen zu vernehmen. Als sie eine Anhöhe erreicht hatten, legten sie eine kurze Pause ein und lehnten die Fahrräder an einen knorrigen Apfelbaum. Hermann atmete tief, räusperte sich und sagte leise: "Das ist die Musik des Friedens und der Geruch der Freiheit. Es sind die schönsten Dinge im Leben und ich genieße sie jede Sekunde." Veronika nickte zustimmend. Nachdem sie ihm kurz die geplante Route beschrieben hatte, schwangen sie sich wieder auf die Fahrräder und setzten die Fahrt fort, bis sie zu einer Anhöhe gelangten, welche ein barocker Zwiebelturm krönte. "Das ist die Wallfahrtskirche Maria-Thann", erläuterte Veronika. "Sie ist sehr bekannt im Allgäu. Man feiert hier Mariae Himmelfahrt. Lass uns die Räder hier unten abstellen und die Treppe dort besteigen. Das Hochamt wird bald zu Ende sein und dann können wir uns in Ruhe die Kirche ansehen."

Kirche von Maria-Thann (Privatfoto)

Hermann versicherte sich gerne ihrer Führung anvertrauen zu wollen. Nachdem sie die Räder an einen Baum gelehnt hatten, verweilten sie noch ein Weilchen in der kleinen Ortschaft am Fuße der Kirche. Eine Gänseschar durchkreuzte schnatternd ihren Weg. Hermann wich überrascht zurück, Veronika hingegen trat lachend auf sie zu , worauf die anführende Gans zwar zischte, aber dennoch ihre Schar seitwärts führte.

"Das sind fast Haustiere", erklärte sie. "Wir hielten uns in Koslar jahrelang einzelne Gänse. Es gab eine Gans, die so zahm war, dass sie immer auf unseren Arnold zuwatschelte und sogar ihren Hals um sein Handgelenk schlang."

Hermann zeigte sich beeindruckt: "Da hatte er sich wirklich echtes Vertrauen erworben. Sie waren sozusagen eine Gans und eine Seele."
Sie lächelte über seinen kleinen Scherz, wurde dann aber zunehmend ernster: "Arnold hatte dieses Tier lieb gewonnen. Aber es kam der Tag, an dem unsere Mutter beklagte, dass die Gans seit einer Weile bereits keine Eier mehr gelegt habe und somit ihre Zeit gekommen war."
Hermann warf ein: "Sie sollte also eine Martinsgans werden."
"So war es allgemein Brauch. Man hielt die Tiere ja zum Unterhalt der Familie. Wir mästeten uns auch ein Schwein im Stall zu diesem Zweck. Arnold reagierte sehr betroffen. Er begann hemmungslos zu weinen und beteuerte: 'Mutter, vielleicht war sie nur krank. Gerade heute morgen war sie so lieb zu mir. Sie wird sicher bald wieder Eier legen. Bitte, lass sie am Leben.' Nun war Mutter eigentlich nicht so leicht von ihren Plänen abzubringen. Diesmal hatte sie ein Einsehen. Arnolds leidenschaftliches Eintreten für seine Gans muss sie doch gerührt haben und sie gab nach. Wenn ich mich recht erinnere, legte sie sogar hin und wieder ein Ei und Arnold sagte triumphierend: 'Siehst du, Mutter!'"

Hermann gefiel ihre Geschichte und er fand lobende Worte für das Einfühlungsvermögen der Frau Vendt. Er wusste es zu schätzen, dass Veronika einen dermaßen sensiblen Bruder hatte und nicht weniger, dass eine Mutter, die in erster Linie die Ernährung ihrer Familie im Auge haben musste, auf solche Feinfühligkeiten einging. An Rohheit hatte er genug erlebt. Er sinnierte: "Eigentlich lebtet ihr in sehr geordneten, ja beinah noblen Verhältnissen. Mit einem Schwein im Stall und einem Gemüsegarten, den deine Mutter verwaltete, hattet ihr wohl immer etwas auf dem Teller. Bei den Meinen in Euskirchen herrschte großer Mangel und wir vier Kinder und die 'Jroß' - unser Vater glänzte durch oftmalige Abwesenheit - wurden häufig nur dank der Wohltätigkeit der jüdischen Gemeinde einigermaßen satt."

Er ließ seinen Blick auf der sich mittlerweile entfernenden, schnatternden Gänseschar ruhen, bis Veronika ihn auf die sich langsam zerstreuenden Kirchgänger aufmerksam machte. Der Gottesdienst war also zu Ende und man konnte die Kirche in Ruhe besichtigen. Sie betraten gemeinsam das dämmrige Innere der Kirche. Hermann beobachtete verstohlen, wie sie ihre Fingerspitzen mit Weihwasser aus einem kleinen runden Behälter benetzte und sich knicksend bekreuzigte. Er begnügte sich damit, sein Haupt zu entblößen und begann aufmerksam das Kircheninnere zu erforschen.

Vor ihnen lag ein reich geschmücktes Kirchenschiff mit einer doppelten Empore. Mannigfache Kunstwerke und Skulpturen verzierten das Interieur. Beide bewunderten zunächst den barocken Gesamtkomplex und unterzogen danach besondere Einzelstücke einer getrennten Betrachtung.

Hermann machte halt vor einer mönchsartigen, männlichen Figur mit Stab und Tonsur, die sich in einer Wölbung der Wand befand und musterte die vergoldete Skulptur nachdenklich.

"Wer könnte das sein", sinnierte Hermann.

Veronika bemerkte: "Da liegt so ein merkwürdiges, braunes Tier zu seinen Füßen."

Hermann trat näher heran: "Das ist ein Bär, der Holzscheite zwischen den Pfoten trägt." Seine Wangen röteten sich und er stieß triumphierend hervor: "Ich bin mir sicher, dass ich des Rätsels Lösung weiß. Das muss der Heilige Gallus sein. Zufälligerweise bin ich diesem Heiligen schon einmal so gut wie begegnet."

Sie sah ihn verwundert von der Seite an.

"Dieser Gallus war im frühen Mittelalter ein Wandermönch am Bodensee. Er war wohl hauptsächlich in St. Gallen in der Schweiz tätig. Er soll einen Bären gezähmt und ihn dazu gebracht haben, Holz zum Lagerfeuer zu bringen. Er soll ihm danach ein Stück Brot geschenkt haben. Irgendwann, lange nach seinem Tode soll sein Kopf nach Prag gebracht worden sein, wo er als Reliquie in der St. Galluskirche aufbewahrt wird bis zum heutigen Tage. Ich war nämlich in den Zwanziger Jahren einmal als Tourist in Prag und habe mir verschiedene Sehenswürdigkeiten in der Prager Altstadt angesehen. Bei dieser Gelegenheit habe ich Bekanntschaft mit dem Schädel des Heiligen gemacht und habe natürlich die ganze Legende nachgelesen."

Nun betrachtete sie die Skulptur mit erneuter Faszination und verhehlte nicht ihre Bewunderung: "Was du alles weißt. Ich wäre nie auf die Idee gekommen, mir solche Einzelheiten anzusehen, aber jetzt ist mir klar, dass man daran eine ganze Geschichte ablesen kann. In der Schule haben wir natürlich manches über die Lebensläufe der Heiligen gelernt, aber der Heilige Gallus war nicht darunter."

Er lächelte: "Ich bin eigentlich auch kein Fachmann für Wundertäter. Allerdings kenne ich den heiligen Martin sowie die heilige Veronika trotzdem. Es geht mir dabei hauptsächlich um den geschichtlichen Hintergrund und hier sind so manche Motive, die interessant sind. Schau mal auf die erhöhte Bildergalerie. Dort sind Szenen aus der Bibel, und zwar aus dem Alten Testament, sehr anschaulich dargestellt."
Sie stellten sich unter die Empore und besahen sich aus entsprechender Entfernung die Bilderfolge. Hermann verwies auf die Darstellung des Königs David: "Hier sieht man, wie der biblische König mit Harfe und Bundeslade in Jerusalem einzieht."

Das Emporenfresko (Privatfoto)

Sie las den Text dazu: 'Du wirst Priester sein in Ewigkeit nach der Ordnung des Melchisedech.' "Von König David hat uns auch der Pfarrer erzählt und ich glaube auch den Namen dieses Melchisedech schon einmal gehört zu haben, aber ich weiß nicht, wer das war", gab sie zu.
"Er ist in der Tat weniger bekannt. David hingegen ist eine sehr beliebte Figur in der Bibel und wird auf der Empore als der König gefeiert, der den Grundstein zum Bau des Tempels legt und feierlichen Einzug in der neuen Residenz Jerusalem hält. Seine religiöse Funktion wird zweifach betont. Er trägt die sogenannte Bundeslade."

Auf ihren fragenden Blick hin erläuterte er: "Das soll eine Art Truhe gewesen sein, welche die Zehn Gebote enthielt und von den Kindern Israels durch die Wüste mitgeführt wurde. Sie galt als Symbol des Bundes zwischen dem Volk Israel und seinem Gott und sollte dann ihren festen Platz im neuen Tempel haben. David zieht also feierlich ein und lobt Gott mit frommen Gesängen auf der Harfe. Hinzu hat man den Psalm über Melchisedech gesetzt. Auch damit wird eine bestimmte Absicht verfolgt. Denn dieser Melchisedech wurde als der erste Priester und König von Salem, also Jerusalem, bezeichnet, der Gott ein Doppelopfer von Brot und Wein darbrachte. König David wird somit dem Betrachter als weltliche und religiöse Leitfigur nahegebracht. Außerdem wird auf den christlichen Opferbrauch von Brot und Wein angespielt."

"Darüber ist Christi Himmelfahrt." Veronika freute sich, auch ihren Beitrag zu leisten.

"Ja und nicht zufällig befindet sich dieses Motiv über dem des alttestamentarischen David. Jesus steht in christlicher Sicht eben über allem."

Veronika nickte. Sie schritten durch die Kirche und besprachen im Flüsterton Bildwerke und Skulpturen, um nicht einzelne Betende in ihrer Andacht zu stören.

Auf dem Rückweg sprach Veronika über Maria-Thann als Wallfahrtsort: "Früher, vor den Bombardierungen, hielt man hier abends feierliche Gottesdienste mit Lichterprozessionen. Das wird sicher bald wieder aufgenommen werden."

"Du wirst dann sicher daran teilnehmen, oder? Deine Familie ist ja sehr kirchentreu."

Sie überlegte kurz und wich seinem beobachtenden Blick aus: "Vielleicht. Als junges Mädchen habe ich ja auch an Prozessionen und Bittgesängen teilgenommen."

"Um was würdest du dann bitten, Veronika?

Er legte ihr nahe: "Wir beide können uns zusammentun, das wäre doch eine schöne Aufgabe. Um die zu bewältigen, kann auch ein bisschen Unterstützung von oben nicht schaden. Vielleicht könnte auch der Heilige Gallus seinen Beistand gewähren. Wer so tierlieb ist, hat unter Umständen auch Sympathien für die Liebenden. Dein Herz ist doch jetzt frei. Ist es nicht so?"

Veronika nickte bejahend: "Recht hast du. Mein Herz ist frei. Vor Jahren, noch vor dem Krieg, gab es in Koslar einen gewissen Fritz. Er hielt ganz offiziell um meine Hand an. Ich wollte mich nicht binden, denn ich spürte keine echte Neigung. Er stellte mir sogar eine Nähmaschine in Aussicht."
Sie kicherte ein wenig: "Das war damals keine Kleinigkeit und meine Eltern waren sehr für diese Verbindung. Natürlich nicht nur wegen der Nähmaschine. Er war aus gutem katholischen Hause und wollte mich unbedingt heiraten. Ich aber blieb stur, was meine Mutter sehr verärgerte und sagte mich los von Fritz und seiner Nähmaschine. Ich trat dann eine Stellung bei einer Familie außerhalb des Ortes an und verlor ihn aus dem Blickfeld."

Hermann ließ sich keine Nuance entgehen und amüsierte sich über diese romantische Dorfepisode.
Sie wurde wieder ernst: "Etwas anderes war natürlich meine Bindung an Waldemar, über die ich dir schon erzählt habe. Ich liebte ihn und wir hegten Pläne für die Zukunft. Ich fuhr sogar einmal während des Krieges nach Karlsruhe, wo er auf Heimaturlaub bei seinen Eltern war. Wir gingen ins Kino und mitten in der Vorstellung setzte plötzlich Vollalarm ein. Die Sirenen heulten und alle wehrpflichtigen Männer wurden durch Lautsprecher aufgerufen sich draußen zu sammeln und bei den Aufräumarbeiten mitzuhelfen. Er bat mich inständig, mit den anderen den Luftschutzkeller aufzusuchen, drückte mir die Hand und sagte: 'Danach.' Es ging alles so schnell. Ich wurde mehr in den Luftschutzkeller geschoben, als ich ging. Da saß ich nun wie alle anderen Zivilisten, fast alle Frauen oder ältere Männer und Kinder und wartete zitternd die Entwarnung ab. Es dauerte wohl nicht sehr lange, aber für mich war es eine Ewigkeit. Sowie ich draußen war, suchte ich Waldemar, aber er war wie vom Erdboden verschluckt. Ich zog wie viele andere aufgewühlt und zitternd durch die teilweise zerstörte Stadt ohne ihn zu finden. Am Ende fand ich ihn vollkommen verschmutzt und geschunden, aber unversehrt bei seinen Eltern. Wir hatten grade noch Zeit, uns zu verabschieden, denn er musste zu seiner Einheit zurück. Es war das letzte Mal, dass wir uns sahen."

Hermann hörte ihr aufmerksam zu und sagte schließlich: "Der Krieg hat ihn verschlungen wie so viele. Jetzt ist die Katastrophe zu Ende und wir alle müssen einen Neuanfang machen. Daran sollten wir jetzt denken. Die deutschen Gerichte werden bald wieder ihre Arbeit aufnehmen und dann werde ich mich scheiden lassen. Du weißt bereits, dass ich mich nicht mehr gebunden fühle, seit ich Düsseldorf verlassen habe. Ich habe vor, eine neue Familie zu gründen. Wir werden heiraten, sobald es möglich ist. Ich betrachte mich jetzt schon an dich gebunden auch ohne die Absegnung durch die Behörden."

Sie kannte seine Einstellung bereits und war sich der Schwierigkeiten bewusst, die ihren gemeinsamen Plänen im Wege standen. Der Würfel war bereits gefallen. Sie zögerte nicht mehr und drückte ihre vorbehaltlose Zustimmung aus: "Ich habe mich ebenfalls bereits entschieden, und zwar für dich." Mit überzeugender Wärme und Entschlossenheit fügte sie hinzu: "Und deine Kinder werde ich liebgewinnen."
Es war ihm bewusst, dass sie ihm ein Gefühl von Herzensgüte und Zuneigung vermittelte, das er nie zuvor in seinem Leben verspürt hatte. Sie näherten sich nunmehr dem Ortseingang von Eisenharz, schoben gemächlich ihre Fahrräder und beschlossen, nicht einmal den Anschein der Zufälligkeit zu wahren. Die Eisenharzer sahen sie schließlich nicht zum ersten Mal zusammen.

Hermann sprach das jetzt direkt an: "Ich möchte dich öfter sehen und nicht nur in Wald und Feld, so romantisch das bis jetzt war. Es gibt so vieles, was wir besprechen möchten. Wir haben ein Recht, zu leben und zu lieben." Sie errötete, aber sie verstand dass der Mann, den sie liebte, zweiundvierzig Jahre alt war und sich nicht durch die gängigen Konventionen fesseln lassen würde. Sie war keinesfalls gewillt, ihn aufzugeben. Sie war zu der Überzeugung gelangt, dass ihre Beziehung zu Hermann einmalig sei und sie nie wieder einem so faszinierenden Mann wie ihm begegnen würde.

17. "Und welche Rolle spielten die Kirchen unter dem NS-Regime?"

Hermann steuerte am folgenden Tag auf Kinkeles Anwesen zu.
Er hatte Glück. Der Bürgermeister war zu Hause und zeigte sich sichtlich erfreut, ihn zu sehen: "Kommen Sie doch herein und erzählen Sie mir, wie Sie die Zeit hier im Allgäu verbringen." Kinkele war immer für eine gute Unterhaltung zu haben.
Auch Toni Kinkele gesellte sich nach kurzer Zeit hinzu.
Hermann pflegte den Dingen ins Auge zu sehen und berichtete, dass er und das Fräulein Veronika gestern in der Kirche Maria-Thann gewesen seien und dass sie beide an eine feste Bindung in der Zukunft dächten. Über das Erstere waren die Kinkeles zweifellos bereits im Bilde. Wenn die zweite Eröffnung sie überraschte, so ließen sie es sich nicht anmerken.

Hermann schnitt ein anderes Thema an, das ihn schon lange beschäftigte: "Ich weiß, wie Sie sich während des Dritten Reiches verhalten haben, aber ich wüsste gerne, welche Rolle die Kirche hier gespielt hat. Dieser Ort ist ja voll und ganz katholisch. Ich gehe davon aus, dass dieser Umstand nicht bedeutungslos war."
Kinkeles dunkle Augen blitzten. Das war ein Thema, das ihn persönlich leidenschaftlich berührte und über das er nur mit wenigen sprechen konnte: "Ich bin mir sicher, dass es wichtig war, ob Katholiken oder Protestanten in einem Ort den Ton angaben. Nehmen wir Rexingen, wo ich ja vor meiner Amtszeit hier Ortsvorsteher war. Bei den 1933er Wahlen hatte die Mehrheit der Rexinger das katholische Zentrum gewählt. Auch hier in Eisenharz war das der Fall. In Isny hingegen hatte die NSDAP einen relativ hohen Stimmenanteil. Dort gab es mehr Protestanten als in der katholischen Umgebung. Am 30. Januar 1933 wurde dort ein Fackelzug der Ortsgruppe abgehalten. Auch Ulm, welches einen hohen Anteil an Protestanten besitzt, galt als Nazihochburg. Jüdische Geschäfte wurden dort schon vor der Reichskristallnacht boykottiert.
Nun zurück zu Rexingen. Gewiss war es den Nazis bekannt, dass ich ein überzeugter Katholik war. Ich hatte immerhin 1926 eine Pilgerreise nach Rom unternommen. Aber das war zu dieser Zeit nichts Außergewöhnliches."

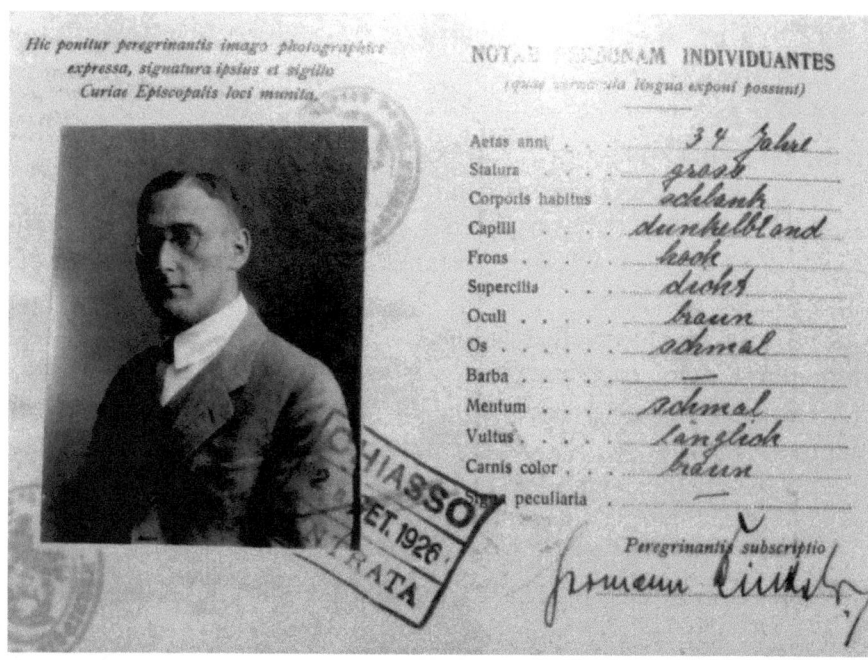

Wallfahrtspass von Kinkele vom "Heiligen Jahr" 1926 (Privatdokument)

Kinkele fuhr fort: "Was der NS-Führung ein besonderer Dorn im Auge war, waren wohl meine politischen Stellungnahmen gegen sie im Rahmen des 'Friedensvereins'. Insbesondere galt das meinem Eintreten für den jüdischen Kaufmann Manfred Weil. Er war wegen seiner aktiven Rolle bei der Störung der ersten Wahlveranstaltung der NSDAP 1933 in Rexingen festgenommen worden. Daraufhin sagte ich kurzfristig eine Gemeinderatssitzung ab und versuchte, seine Freilassung zu bewirken. Das schien zunächst zu gelingen, aber dann wurde er erneut verhaftet und in das Lager Heuberg eingeliefert. Wie Sie wissen, wurde ich dann von den Nazis abgesetzt und erst später hierher nach Eisenharz versetzt. Hier stützte ich mich, soweit möglich, auf die Kirche."

Hermann hörte aufmerksam zu und warf ein: "Die katholische Kirche wahrte generell eine kritische Haltung in Bezug auf das Naziregime, wie man ja an der Verhaftung von Priestern ersehen konnte. Nicht weit von meinem Block in Dachau gab es den sogenannten 'Pfaffenblock'. Ich hörte dann später von Kameraden, dass sie Unterstützung von ihrer Amtskirche erhielten, aber sie blieben dennoch KZ-Häftlinge, die von der SS keineswegs bevorzugt behandelt wurden. Es handelte sich um mutige Menschen, die unter Lebensgefahr für ihren Glauben eintraten und dafür respektierte ich sie sehr. Deshalb interessiert es mich besonders zu hören, wie die kirchlichen Vertreter hier mit dem NS-Regime umgingen."

"Nun", entgegnete Kinkele, "es ging vielleicht mehr darum, wie die Nazis mit ihnen umgingen. Sie saßen schließlich an den Hebeln der Macht und der Papst weilte weit weg in Rom."
"Und schloss dann im Juli 1933 das Konkordat mit dem Reich, in der Hoffnung, die kirchlichen Institutionen schützen zu können", ergänzte Hermann.
"Leider ja. Die ganze Sache brachte wenig. Bekenntnisschulen und katholische Institutionen wurden damals anerkannt. Es beruhigte zunächst die Gemüter in der katholischen Welt und man verhielt sich zurückhaltend. Später gingen die Nazis weniger rücksichtsvoll vor und machten auch den Romfahrten ein Ende. In Eisenharz selbst gab es keine offene Opposition gegen das Regime, aber hinter den Kulissen konnte ich doch manches tun, um ihre Macht einzuschränken. Dies im stillschweigenden Einverständnis mit dem hiesigen Pfarrer Prestel. Hier trugen wir beispielsweise Sorge, dass keine Hitlerbilder an den Wänden der Schule hingen und auch, dass es keine BDM in Eisenharz gab. Die Hitlerjugend hingegen mussten wir hinnehmen und auch Gelder für den Kauf von NS-Broschüren bewilligen. Wir waren bemüht, kirchliche Traditionen in den Vordergrund zu stellen. Bei den Gefallenengottesdiensten, die sich in der Folge dann häuften - meine beiden Söhne waren auch gefallen - war es üblich Marschlieder ertönen zu lassen. Man sang auch gerne das Lied vom 'guten Kameraden'. Diese konnte ich zwar nicht abschaffen, aber ich war bestrebt, den religiösen Hintergrund hervorzuheben und nicht auszublenden, wie es häufig anderorts geschah. In Eisenharz wurden zusätzlich Psalmen gesungen und zwar nicht wenige. Es sollte demonstriert werden, dass auch Gott zugegen war, und nicht nur Adolf Hitler. Ich glaube, dass die Einwohner das auch so verstanden haben, auch wenn man über solche Themen keine Gespräche führte. Dann habe ich Sorge getragen, dass auch der Stephansritt wieder eingeführt wurde."

Hermann sah ihn fragend an: "Ich bin gestern gemeinsam mit dem Fräulein Veronika auf den Heiligen Gallus in der Maria-Thann Kirche gestoßen und sehe mich nun genötigt, meine Kenntnisse des Heiligenkatalogs zu erweitern. Ich kannte Stephanus bislang nur als einen der ersten christlichen Bekenner. Ich habe ihn aber niemals auf Bildern zu Pferde gesehen."

Kinkele lächelte: "Ich weiß leider auch nicht, auf welche Weise der Heilige Stephanus in unsere Gegend versetzt worden ist. Es handelt sich wahrscheinlich um älteres Brauchtum, welches dann christlich geprägt wurde. Der Stephansritt findet nämlich am 26. Dezember statt. Dabei wird auch das Futter der Pferde, Hafer und Salz, gesegnet und unter den Schutz des Heiligen gestellt. Eine feierliche Prozession zu Pferd bis zur Stephanuskapelle bildet den Höhepunkt. Man hofft dann auf ein gutes, fruchtbares, kommende Jahr für die ländliche Umgebung. Dieser Brauch ist hier sehr bekannt. Ich musste aber bei höheren Amtsstellen die entsprechenden Ausgaben dafür wie auch das Bereitstellen von Pferden begründen. Ich gedachte, sie mit ihren eigenen Waffen zu schlagen und sprach von altgermanischen Bräuchen und der Pflege des Bauerntums. Eigentlich betrachtete ich die Religion gewissermaßen als Waffe gegen die NS-Ideologie. Ich muss aber im Nachhinein gestehen, dass diese Waffe recht stumpf und wirkungslos war."

Der Stephansritt in Eisenharz 1939 – Kinkele rechts (Privatfoto)

Die Stephansreitergruppe Eisenharz   Den 14. Dezember 1939

Herrn
    Landrat R ö g e r
        W a n g e n   i. A.

Wenn wir auch das Fest in bescheidenem Rahmen durchführen müssen und manches Pferd fehlen wird, so möchten wir doch von der Veranstaltung nicht absehen und haben, in dem Bestreben altes bäuerliches Brauchtum nach Möglichkeit selbst in Kriegszeiten zu pflegen, beschlossen, auch heuer
        die feierliche Reiterprozession am Stephanstage
durchzuführen.
Indem wir Ihnen für Ihre Beteiligung in früheren Jahren herzlich danken, laden wir Sie zur Teilnahme ein.
Beginn des Reitens am 26. Dezember 1939: 13 Uhr.
Aufstellung von 12 Uhr 30 ' ab auf dem Dorfplatz in Eisenharz.

Entwurf erl. 28.12.39 Si.
                      Heil Hitler !
            Im Auftrag. Der stellv. Schriftführer.

Einladung Kinkeles zum Stephansritt (Gemeindearchiv Eisenharz).

Hermann wollte wissen, ob es irgendwelche Anzeichen für Protestaktionen von katholischer Seite in der Umgebung gegeben habe.
Kinkele runzelte die Stirn und überlegte: "Anfangs schon. Es gab einen großen Eklat in Wangen, als die Nazis vor dem dortigen Pfarramt einen Kothaufen platzierten und ein Hetzplakat gegen die Kirche an der Tür anbrachten. Ein wenig später besuchte die SA geschlossen den Gottesdienst in der St. Martinskirche, worauf Pfarrer Lobmiller die Messe ausfallen ließ und stattdessen eine Erklärung verlas, mit der er diesen SA-Aufmarsch in sorgfältig gewählten Worten verurteilte. Er hatte sich in dieser

Angelegenheit an das bischöfliche Ordinariat in Rottenburg gewandt. Seine Vorgesetzten erteilten ihm lediglich den Rat, sich in Zukunft klug zu verhalten. In Kürze, er wurde im Regen stehengelassen! Das zur Geistlichkeit. Und die Gläubigen? Diese waren erst recht auf sich gestellt. Es gab hier in unserer näheren Umgebung den Fall Kitzelmann. Sie haben ja schon von ihm gehört. Das kam nicht offiziell in die Zeitungen und doch erfuhren wir, dass er wegen 'Wehrkraftzersetzung' hingerichtet worden war. Wir wussten also, dass ein jeder, der es wagte, das Regime zu kritisieren, mit dem Schlimmsten rechnen musste."

Hermann nickte zustimmend: "Ich kann Ihnen das aus eigener Erfahrung bestätigen. Bezeichnenderweise wurde ich selbst in einem kirchlich-katholischen Zusammenhang verhaftet, wie Ihnen meine Schwester und mein Schwager vielleicht erzählt haben. Ich wurde in den Prozess gegen den Kaplan Rossaint verwickelt. Er war schon vor den Zwanziger Jahren im Friedensbund deutscher Katholiken so ähnlich wie Sie tätig gewesen. Später nahm er als Präses der katholischen Jugendorganisation 'Sturmschar' die Aufgabe wahr, vor dem Nationalsozialismus und seinem Militarismus zu warnen. Ich lernte ihn als Kaplan an der St. Marienkirche in Oberhausen kennen und besorgte ihm Broschüren und Informationsmaterial seitens der Kommunisten. Ich fungierte sozusagen als Verbindungsmann zwischen der Kommunistischen Partei und Rossaint. Er war von kämpferischer Natur und wollte den Nazis als Katholik die Stirn bieten. Wir beide nahmen hie und da untergetauchte Kommunisten in unserem Hause auf. Vielleicht war es das, was ihn und dann auch mich am Ende ans Messer lieferte. Ich war einmal 1934 wegen einer gewissen Bertha von den Nazis verhaftet worden. Sie hatten mich beschuldigt, ihr Unterschlupf gewährt zu haben. Ich wurde aber damals wieder freigelassen, weil es keine Beweise gegen mich gab. Nicht so im Jahre 1936, als die Nazis bereits fest im Sattel saßen. Sie waren jetzt weniger zimperlich in Bezug auf Rechtsstaatlichkeit geworden. Ende Januar verhafteten sie Rossaint, als er gerade die Messe gelesen hatte und beschuldigten ihn des Volksverrats. Am achten Februar wurde ich selber verhaftet. Rossaint, weitere Helfer und ich standen ein Jahr später vor dem Volksgerichtshof in Berlin. Er erhielt elf Jahre Zuchthaus und ich, der einzige Jude im Katholikenprozess, zwei. Die Frage erhebt sich nun, ob sich die Kirche in dieser Situation hinter uns gestellt hatte. Wahr ist, dass sie sowohl ihm als auch mir Anwälte besorgte. Diese hatten aber nur begrenzte

Wirkungskraft. Im großen Ganzen verhielt sich die Kirche in diesem Fall sehr zurückhaltend. Zum Ersten, weil Rossaint mit den Kommunisten zusammengearbeitet hatte, was sie vollkommen missbilligten. Und dann wohl auch, weil sie den offenen Kampf gegen die Nazis fürchteten."

Kinkele senkte die Augen: "Ja, der Terror der NS-Führung erreichte in dieser Hinsicht sein Ziel. Sie wurden nicht von innen gestürzt. Auch ich habe das nicht gewagt."
Hermanns Stimme nahm eine warme Klangfarbe an: "Doch, Sie haben sehr viel eingesetzt. Wenn jemand Sie verraten hätte, wie es so vielen geschah, dem Rossaint, diesem Kitzelmann und natürlich auch mir, wo wären Sie dann gelandet? Ich habe mir oft diese Frage gestellt. Hätte man diese Verbrecher nicht stürzen können? Warum geschah es nicht? Mein Verhalten zählt in dieser Hinsicht nicht. Ich war Jude und galt nichts und wurde ein Nichts. Aber die anderen? Es stimmt, dass es am 20. Juli und wohl andere Male versucht wurde. Diese Menschen scheiterten und starben. Vielleicht war das deutsche Volk bereits Monate nach der Machtergreifung der Nazis, als sie ihre Hauptfeinde liquidiert oder verhaftet hatten, verloren? Dass sie dann auch noch an allen Fronten siegten, brachte auch Zweifler am Regime endgültig zum Schweigen."

Kinkele schwieg eine Weile resigniert und Hermann wechselte das Thema: "Naiv, wie viele Juden waren, glaubten sie, ein Religionswechsel könne ihnen Schutz bieten. Davon konnte natürlich nicht die Rede sein. Auch die Halbjuden gerieten ins Visier, wenn auch in kleinerem Ausmaß. Sie wurden in der Regel nicht deportiert. Ich muss Ihnen hierzu von dem mir bekannten Fall Tondorf aus Düsseldorf erzählen. Ich kenne die Details genau, denn ich habe sie aus seinem eigenen Mund in Buchenwald vernommen. Paul Tondorf war ein Halbjude, Sohn einer Jüdin namens Johanna und eines arischen Vaters und wohnte in Düsseldorf am Wilhelmsplatz. Die Mutter war geschieden. In Düsseldorf agierte zur NS-Zeit ein gewisser Pütz, Kriminaloberassistent der Gestapo Düsseldorf. Er residierte als Judenreferent in der Prinz-Georgstraße und war dafür bekannt, besonders rigoros gegen Juden vorzugehen. Seine Informationen bezog er häufig von den Blockleitern, welche die Partei in vielen Wohnhäusern installiert hatte, um die Einwohner zu bespitzeln. Sie wurden sinnigerweise 'Treppenterrier' genannt. Dieser Pütz nahm Vernehmungen und Verhaftungen vor, überwachte mit Eifer das Tragen des Davidsterns und die Einhaltung von Sperrstunden. Aber vor allem lag ihm die rücksichtslose Durchführung der Judentransporte in den Jahren 1941-42 am Herzen. Dass er in jüdischen Kreisen 'der Henker' genannt wurde, besagt alles. Allgemein wurden jüdische Partner von Mischehen und Halbjuden bis 1942 relativ unbehelligt gelassen. Aber Pütz ergriff Eigeninitiative und begann, sich auch diese 'vorzunehmen'. Aus diesem Grunde brachte mein Schwager ja auch meine Schwester hierher. Der vorhin erwähnte Tondorf wollte einer Deportation seiner Mutter durch Pütz zuvorkommen. Er schrieb einen Brief an diesen, in welchem er erklärte, seine Mutter sei alt und krank und wohne bei ihm. Er selbst, Tondorf, würde für sie aufkommen und bat um eine Unterredung. Pütz lehnte das schriftlich ab und teilte ihm mit, seine Mutter würde unwiderruflich deportiert. Sie wurde 1942 verhaftet und zum Schlachthof Derendorf gebracht. Dort wurde sie mit anderen Leidensgenossen in einen Zug gen Osten gezwängt und danach verlor sich jede Spur. In der Folge begann Pütz, Tondorf zu schikanieren und zu bedrohen. Unter anderem hatte Pütz in Erfahrung gebracht, dass Tondorf eine arische Braut hatte, worauf er ihm den Umgang mit arischen Frauen unter Androhung des KZ's verbot. Tondorf gab aber seine Beziehung zu seiner ebenso blonden, wie arischen Chefin Erika keineswegs auf und war so unvorsichtig, sich mit ihr im Mai 1943 im Düsseldorfer Stadion zu zeigen, wobei er gesehen wurde, wie er seinen Kopf unmissverständlich in ihren Schoss legte. Pütz ließ ihn verhaften und auf Grund des Blutschutzgesetzes in das KZ-Buchenwald überführen. Dort lernte ich ihn kennen. Er war als sogenannter jüdischer Rassenschänder mit einem rosa Dreieck auf gelbem Grund gekennzeichnet. Natürlich war der Umstand, dass Tondorf nicht mehr jüdischen Bekenntnisses war, bedeutungslos. Seine Geliebte schrieb ihm regelmäßig und hielt zu ihm, was sich nach der Befreiung in die Tat umgesetzt wurde. Sie hatte es tatsächlich versucht, Pütz zu überreden und ihn von seinen Vorhaben gegen Tondorf abzubringen. Es könne doch nicht sein, dass man wegen eines Stadionbesuchs und einer zärtlichen Geste ins KZ komme. Daraufhin habe Pütz auch sie bedroht und ihr prophezeit, sie würde Tondorf nie wiedersehen. Dieser Rassenschänder habe sein Todesurteil unterschrieben. Im Lager setzte ich mich für ihn ein und es gelang einem meiner Kameraden, ihn in einem Kommando unterzubringen, welches ihm Chancen zum Überleben bot. Er ist jetzt in Düsseldorf und plant seine Erika zu ehelichen, sobald das durchführbar ist. Es ist möglich, dass auch ich in

Bälde nach Düsseldorf zurückkehre. Ich schmiede allmählich Zukunftspläne."

"Dann möchte ich Ihnen auch erzählen", warf Kinkele ein, "daß auch meine Familie wohl nicht mehr lange in Eisenharz bleiben wird. Sie werden vielleicht Gerüchte über meine eventuelle Versetzung nach Isny gehört haben. Ich glaube mir der Zustimmung der Besatzung sicher zu sein und dabei werden die Aussagen, die Sie und Ihre Schwester in meiner Sache gemacht haben, sicher nicht wenig beitragen. Aber ich hoffe, dass Sie mittlerweile meine Frau und mich weiterhin besuchen. Wir haben uns so viel zu sagen."

Man stand auf und Hermann wandte sich in Richtung Haustür, blieb aber im Vorübergehen an einem Bücherregal stehen. "Ich sehe hier ein Buch von Dickens, das ich sehr liebe, seine 'Weihnachtsgeschichten'." Er zögerte einen Moment und Frau Kinkele hatte die Eingebung, zu fragen: "Würden Sie es jetzt gerne lesen? Wir können es Ihnen gerne ausleihen." Hermann stimmte erfreut zu: "Das wäre wunderbar. Ich könnte es zusammen mit dem Fräulein Vendt lesen."
Toni Kinkele tauschte mit ihrem Mann ein verständnisvolles Lächeln und überreichte ihm das Buch.

18. Abschied von Eisenharz

Hermann und Veronika treffen sich in der Folgezeit, wann immer sich eine Gelegenheit bot. Der warme, trockene Sommer des Jahres 1945 begünstigte zweifellos ihre Rendezvous. Meist fanden ihre Zusammenkünfte in freier Natur statt. Die zahlreichen, zerstreut liegenden romantischen Waldungen boten sich förmlich dazu an. Doch nicht immer fand man sich unter freiem Himmel zusammen.

Veronika hatte Hermann unlängst eine kleine, scheinbar, unbedeutende Episode berichtet: "Heute früh ging ich, noch ehe ich das Frühstück vorbereitete, schnell vor die Tür und um die Ecke. Du kannst dir denken, was ich vorhatte. Ich wollte die Leiter, die an der Wand lehnte, entfernen. Da kam gerade der Nachbar von gegenüber des Weges. Das ist der mit dem Schnauzbart, der uns immer an einen Seehund erinnert. Wir sehen uns öfter, denn er ist ein treuer Kirchgänger und versäumt nie die Frühmesse. Seinen runden, kleinen Äuglein kann nichts entgehen und so bemerkte er natürlich, dass ich mit der Leiter hantierte. Er strich sich süffisant über seinen Schnauzbart, grüßte mich kurz und bemerkte mit einem leicht anzüglichem Lächeln: 'Immer früh auf, das Fräulein Veronika. Ja, wenn man fenschtert, gell, hat man zu tun'.
Wir beide sind ja bemüht, diskret vorzugehen, aber anscheinend nicht genug. Ich habe ihn einfach sehr freundlich zurückgegrüßt, aber ein Kloster würde mich unter diesen Umständen wahrscheinlich nicht mehr aufnehmen."

Hermann hörte ihr aufmerksam zu und hatte ebenfalls eine kleine Episode beizusteuern: "Auch ich bin aufgefallen." Sie blickte ihn bestürzt an, aber er fuhr amüsiert lächelnd fort: "Kein Grund zur Besorgnis. Die Umstände waren nicht viel anders. Gestern Abend, als ich die besagte Leiter in die richtige Position rückte, raschelte es im Johannisbeerstrauch und ein großer, weißer Kater kroch hervor. Als er mich erblickte, heftete er seine grünen, funkelnden Augen durchdringend auf mich. Er rührte sich nicht. Nur sein buschiger Schwanz zuckte lebhaft hin und her, wobei er jede meiner Bewegungen verfolgte. Ich bin mir sicher, dass er in seinem Katzengehirn den Gedanken wälzte: 'Was hat dieser Unbekannte an diesem Platz zu

suchen? Und noch dazu in meinem Jagdrevier.' Damit hatte dieses männliche Schneewittchen im Grunde recht. Ich fühlte mich richtig ertappt. Dann aber konzentrierte ich mich auf die Sprossen und den Rest der Geschichte kennst du ja."
Veronika kicherte ein wenig: "Das war der Peter vom Nachbarn. Ich habe ihm schon mal Milch hingestellt, aber sein Lieblingsmenü sind nun mal die Mäuse. Auf seine Verschwiegenheit können wir bauen. Bei den anderen bin ich mir weniger sicher."

Hermann fuhr ihr behutsam über das glatt-gescheitelte, braune Haar und setzte nachdenklich hinzu: "Ich sehe schon, dass wir von dem Fensterln in Zukunft Abstand nehmen müssen. In diesem kleinen Ort wird alles bemerkt. Ich fürchte, du bist für die Einwohner unwiderruflich ein gefallenes Mädchen geworden. Ich habe auch schon darüber nachgedacht. Ich könnte ein Zimmer für uns beide mieten. Dann wären wir in der Lage, ungestört die 'Weihnachtsgeschichten' zu lesen. Ganz davon abgesehen, dass jemand einmal auf die Idee kommen könnte, unsere Leiter zu verrücken."
Hermann war ein Mann der schnellen Entschlüsse und hatte bereits zwei Tage später etwas Passendes erspäht. Er habe ein Zimmer bei Frau Keil gefunden und dort könnten sie sich treffen, wann immer sich die Gelegenheit böte.

Auch das konnte selbstverständlich kein Geheimnis bleiben. Dr. Etzrodt begann, ihrem Kindermädchen und Sprechstundenhilfe Vorhaltungen zu machen. Natürlich sei auch ihr diese Liebschaft zu Ohren gekommen und sie fühle sich genötigt zu mahnen und zu warnen. Die Ärztin führte aus, dass dieser Herr Jülich gewiss charmant und sympathisch, aber auf jeden Fall nicht der Richtige für sie sei. Er stamme aus einer ganz anderen gesellschaftlichen Schicht, sei siebzehn Jahre älter und habe obendies noch Kinder. All das spräche gegen eine Bindung. Das könne nicht gut ausgehen. Sie habe nur ihr Bestes im Sinn und fühle sich verantwortlich.

Aber es kam noch schlimmer. Jetzt begann sich auch die geistliche Ebene einzuschalten. Der Ortspfarrer bat sie nach der Messe zu einem Gespräch. Er legte ihr mit ernsten Worten und strenger Miene dar, dass sie ein katholisches Mädchen sei und als solches kein Verhältnis zu einem verheirateten Mann haben könne. Als ihr Seelsorger müsste er ihr ins Gewissen reden und ihr einprägen, dass diese Beziehung sündhaft und schändlich sei. Als er bemerkte, dass sie sich seinen Worten verschloss und ebensowenig Bereitschaft zeigte, ihr Verhalten zu ändern, schlug er andere Saiten an. Was würden denn ihre Eltern davon halten? Sie seien, weiß Gott, leidgeprüft genug, da sehr wahrscheinlich ein Sohn gefallen und der zweite Kriegsgefangener sei. Als gute Tochter, und so kenne er sie, müsste sie unbedingt von dieser Todsünde ablassen.

"Das waren starke Geschütze, mein Liebes. Und wie wirst du damit umgehen?", fragte Hermann.
Veronika antwortete in entschlossenem Ton: "Ich habe mich schon seit einer ganzen Weile für dich entschieden. Das weißt du doch. Jetzt werde ich hier nicht mehr die Messe besuchen und zur Beichte bin ich bereits eine Weile nicht mehr gegangen."
Hermann überlegte: "Es wird unerquicklich für dich werden. Wir müssen an unsere gemeinsame Zukunft denken. Hier wird das schwierig sein."
Hierauf begannen sie nach und nach konkretere Zukunftspläne zu entwerfen. Darüber wurde es allmählich Herbst.

Kurz darauf kam es auch für Hermann zu einem höchst unerfreulichen Gespräch. Seine Schwester und sein Schwager sprachen das heikle Thema beim Frühstück direkt an. Man saß sich gegenüber. Hans eröffnete das Gespräch und nahm ihn ins Gebet: "Hör mal, Hermann, dein Techtelmechtel mit der Veronika musst du abbrechen. Dieser Ort ist sehr katholisch und die Affäre ist zum Ortsgespräch geworden. Du musst einfach Schluss damit machen."
Hermann war auf diesen Vorstoß innerlich bereits vorbereitet und entgegnete mit erzwungener Ruhe: "Von einem Techtelmechtel ist nicht die Rede. Veronika will meine Frau werden und ich will das auch."
Liesel setzte ihre schwesterliche Autorität ein und brachte grundsätzliche Einwände vor: "Außerdem ist sie auch keine Frau für dich. Sie ist letztlich ein Mädchen vom Dorf und du brauchst etwas anderes, und zwar eine Frau von Bildung und erweitertem Gesichtskreis." Sie setzte nicht ohne eine Prise von Dünkel hinzu: "Bei deinem Niveau könntest du eine französische Gräfin heiraten!"

Hermann lächelte und sagte ruhig: "Ich will keine französische Gräfin. Ich will die Veronika. Ich kann es mir erlauben, eine Frau zu heiraten, die mir gefällt und die gefällt mir."
Hans setzte eine ernste Miene auf: "Die Menschen hier werden eine Romanze deines Stils nicht hinnehmen und das müssen wir berücksichtigen."
"Dann werden Veronika und ich den Ort gemeinsam verlassen und nach Düsseldorf ziehen. Dort können wir ungehindert zusammenleben."
Beide starrten ihn entgeistert an: "Nach Düsseldorf? Du weißt doch, wie die Stadt aussieht. Hier in Eisenharz sind wir, das musst du zugeben, wunderbar aufgehoben. Düsseldorf liegt in Schutt und Asche."
Hermann erwiderte: "Inzwischen hat sich die Lage weiter gebessert. Fast alle Straßenbahnen verkehren erneut. Als ich Düsseldorf verließ, nahm die erste Straßenbahn in Richtung Benrath den Betrieb auf. Ich stehe ja in brieflicher Verbindung mit Lagerkameraden. Neukircher schrieb mir, dass die 'Adolf Hitler Allee' wieder auf ihren alten Namen, den guten 'Graf Adolf' zurückgekommen ist. Auch das ist von Bedeutung."
Liesel wirkte nicht überzeugt und brachte das deutlich zum Ausdruck.

Hermann konnte die Enttäuschung seiner Schwester bis zu einem gewissen Grad nachvollziehen. In dem letzten Jahrzehnt hatte die Sorge um ihren Lieblingsbruder an ihr gezehrt und sie hatte auch heimliche Träume für seine Zukunft gehegt. Sie und Hans hatten ihn brieflich beraten, ja hatten es geschafft, seine Ausreise aus Nazideutschland durch alle möglichen Hilfswerke hindurch in den Weg zu leiten. Sie hatten sich im Namen seiner Frau um Ausreisepapiere für ihn bei allen erdenklichen Stellen, insbesondere der Gestapo, für ihn bemüht und sogar eine gültige Schiffskarte besorgt. Nur das Allerletzte konnte keiner erreichen, nämlich die Entlassung aus dem Lager. Sie hatten alles, was in ihren Kräften stand, für ihn getan und mochten sich aus ihrer Sicht durchaus berechtigt fühlen, sein Geschick auch in Zukunft mitzubestimmen. Ohne seine Schwester und Hans säße er höchstwahrscheinlich nicht leibhaftig hier.

All dies ging ihm durch den Kopf. Es ging immerhin um die Menschen, die ihm am teuersten waren. Folglich war er bemüht, sie umzustimmen und schlug nunmehr einen herzlich-versöhnlichen Ton an. Er wandte sich insbesondere an seinen Schwager, bei dem er mehr Verständnis für seine

Lage vermutete: "Ihr werdet am Ende auch zurückkommen und dann werden wir da weitermachen, wo wir unter den Nazis aufhören mussten. Wir wollen doch weiter Gemälde verkaufen. Wäre es dir recht Hans, wenn ich mit deinen Beständen schon anfange? Das Geld wird immer wertloser. Die Menschen suchen nach Sachwerten. Und dann werden Gemälde wieder gefragt. Natürlich bei denen, die etwas anzubieten haben. Bei den Bauern im Umkreis wird es sicher Nachfrage geben. Was meinst du, Hans?"

Hans wiegte bedächtig den Kopf: "Da magst du recht haben. Immerhin wird es in allernächster Zukunft noch schwierig sein. Aber natürlich lege ich dir keine Steine in den Weg. Du kannst über meine Bilder verfügen. Abrechnen können wir später."
Hermann zeigte sich zufrieden mit dem weiteren Verlauf des Gesprächs: "Danke dir, Hans. Und dann könnte ich euch auch vor eurer Rückkehr ins Rheinland ein wenig die Wege ebnen. Im Übrigen, sorgt euch nicht. Ich werde es schaffen. Wenn ich die letzten zehn Jahre überlebt habe, und dies dank eurer Hilfe, so werde ich jetzt nach dem Krieg auch nicht verhungern. Zusammen mit meiner Veronika werde ich Erfolg haben. Sie bringt mir Glück. Ich werde alles noch einmal mit ihr besprechen und gebe euch dann endgültig Bescheid."

Hermann berichtete kurz darauf Veronika, dass er sich mit seiner Familie beraten habe und zu dem Fazit gelangt sei, dass sie beide gut daran täten, das Allgäu zu verlassen und nach Düsseldorf zurückzukehren. Das entscheidende Gespräch fand im Schatten eines großen Lindenbaums auf ihrer Lieblingsbank statt. Von hier hatte man einen wunderbaren Ausblick auf die Wiesen und Täler der Voralpenlandschaft. Von hier aus, alles übersehend, stellten sie nochmals ihre Betrachtungen an und er bemerkte mit Genugtuung, dass Veronika ihm vollkommen vertraute und wie er selbst mit großem Optimismus in die Zukunft sah. Auch sie war bereit die 'Fleischtöpfe Ägyptens', wie Hermann das relativ sorglose Dasein im Allgäu bezeichnete, zu verlassen und das Wagnis Düsseldorf einzugehen. All das sagte sie in zuversichtlichem, heiteren Ton. Sie könne sich ein Dasein ohne ihn nicht mehr vorstellen, betonte sie. Es würde ein ausgefülltes und interessantes Leben werden.

Hermann blickte ihr voll und bestätigend in die Augen: "Wir müssen tun und lassen, was wir für richtig halten. Wir sind nicht bereit, uns herkömmlichen Normen zu unterwerfen. Ich bin vor vielen Jahren in der Politik gegen den Strom geschwommen und heute gedenke ich erst recht, dasselbe in Bezug auf mein Privatleben zu tun. Du hast ebenfalls bewiesen, dass du deine eigenen Wege einschlägst. Wir denken beide antikonventionell."
Sie saßen einige Minuten schweigend beieinander.
Plötzlich bückte sich Hermann unvermittelt und hob ein Lindenblatt empor, das gelblich-rötliche Schattierungen aufwies: "Sieh mal, Mäuschen (das war ihr neues Kosewort), die Blätter beginnen sich schon zu verfärben. Es herbstet und wird täglich ein wenig kühler. Ja, wir haben bereits Oktober. Jetzt heißt es Abschied nehmen."

Nachdem sie ihren endgültigen Entschluss gefasst hatten, gingen sie zu den Details über. Sie hatte gehört, dass man von Isny aus mit dem Zug fahren könne. Sogar andere Evakuierte planten bereits ihre Rückkehr und es bestünden Pläne, in den nächsten Wochen Sonderzüge nach Stuttgart und in andere Städte einzusetzen. Sie beschlossen, nicht weiter auf solche zu warten, sondern auf eigene Faust die vom Isnyer Bahnhof abgehenden Züge zu benutzen. Auf die eine oder andere Art und Weise würden sie ins Rheinland gelangen.

In der Wohnungsfrage zeigte sich Hermann wie in allem anderen hoffnungsfreudig und guten Mutes. Er stand in brieflicher Verbindung mit Kameraden aus Buchenwald. Sein Freund Neukircher wusste ihm zu berichten, dass politisch Verfolgte bei der Zuweisung von Wohnraum begünstigt würden. Um die befreiten Häftlinge zu identifizieren, waren in den Städten Häftlingskomitees gebildet worden, in welchen ehemalige Häftlinge unter Mitwirkung der entsprechenden städtischen Verwaltungsstellen eingesetzt wurden. Diese würden ihnen bei der Auffindung einer Wohnung behiflich sein. In der britischen Zone würden man ihnen Zusatzraten an Nahrungsmitteln wie Brot und Milch zukommen lassen. Auch würde es einen Unkostenbeitrag von 30-50 Reichsmark geben. "Außerdem", bekannte Hermann, "habe ich schon vor einiger Zeit auf Kinkeles Anweisung hin eine Anleihe aus der Gemeindekasse bekommen. Wir werden uns in Düsseldorf eine neue Existenz aufbauen."

Er fuhr fort: "Erinnerst du dich an die schöne Argen? Wir weilten mehrere Male an ihren Ufern. Wie du weißt, mündet sie in den Bodensee. Und dann in den Rhein. Wir ziehen einfach mit ihr in das Rheinland. Von der Argen an den Rhein. Nun kennst du sicher dieses Lied 'Ich weiß nicht, was soll es bedeuten, dass ich so traurig bin.'"
Schon nach wenigen Tönen fiel sie ein und sie sangen alle Strophen durch. Hermann wollte wissen, ob sie den Verfasser kenne. Sie bekannte, dass sie das nicht wisse, aber das Lied sei eigentlich allen bekannt. Vielleicht sei der Autor anonym?
Er widersprach eifrig: "Keineswegs. Gedichtet wurde dieses schöne Lied von Heinrich Heine, einem Juden aus Düsseldorf. Kinkele erzählte mir neulich, es sei sogar in der Wehrmacht gesungen worden. Es war ein dermaßen urdeutsches Lied, dass man es wohl nicht unterdrücken konnte. Man hatte nur den Namen des Verfassers unterschlagen. Das Lied hat die Nazis überlebt."

Am Abfahrtstag war es frühmorgens bereits recht kühl. Hermann war wie ehedem mit seinen zwei Köfferchen versehen und erschien im Geleit von Frau Keil, welche mit einem Bauern ausgemacht hatte, die beiden in einem Pferdewagen bis zum Bahnhof in Isny mitzunehmen. Er war ein wenig nervös, weil er insgeheim Veronikas berüchtigte Unpünktlichkeit kennengelernt hatte. Das war bei ihren Treffen in Eisenharz nicht von Belang gewesen, denn er hatte dort über fast unbegrenzte Menge an Freizeit verfügt. Aber bei den deutschen Zügen würde sich die Sache anders verhalten. Diesmal jedoch stellte sich Veronika zum vereinbarten Zeitpunkt am verabredeten Platz ein, was Hermann mit Erleichterung registrierte. Man hatte sich unweit der Kirche verabredet. Sie hatte eine Decke sehr sorgfältig zusammengenäht und dieses Bündel enthielt ihre spärlichen, persönlichen Habseligkeiten. Als sie den Ortsausgang erreicht hatten, warfen sie noch einen langen Blick zurück auf den Ort: "Was war das für ein wunderschöner Sommer in Eisenharz gewesen!"
Aber er war unwiderruflich zu Ende. Sie fuhren einer neuen Station ihres Lebens entgegen.

Vielleicht möchte der geneigte Leser wissen, wie es weiterging?
Nur so viel, dass knapp ein Jahr später die Schreiberin dieser Zeilen das Licht der Welt in Düsseldorf erblicken sollte.

Ihren Eltern, Veronika und Hermann, war eine lange, harmonische Ehe beschieden, welche Hermann später als ein 'Ineinanderleben' charakterisierte.

Wer mehr über das Schicksal von Hermann Jülich zur Zeit des "Dritten Reiches" erfahren möchte, den verweise ich auf mein Buch
"Wir wollen trotzdem Ja zum Leben sagen."

Literaturnachweis

Eichholtz, D., *Geschichte der deutschen Kriegswirtschaft 1939-1945*, Berlin, 1996

German, E., *"Wir wollen trotzdem Ja zum Leben sagen"*, Norderstedt, 2014

Haaga, M., *Die nationalsozialistische Machtergreifung in Isny, 1933, Protestantisches Isny, katholisches Wangen, eng benachbart und doch so verschieden*. Vortrag vom 9.5.2017 in Isny

Habe, H., *Im Jahre Null*, München, 1977

Hackett, D. A., *Der Buchenwald Report*, San Francisco, 1995

Högerle, H., Hgb., *Ort der Zuflucht und Verheißung-Shavei Zion 1938-2008*, Stuttgart, 2008

Homberg, F. F., *Retterwiderstand in Wuppertal*, Wuppertal, 2008

Kaminski, A., *Les Batailles de la libération et de la revanche avec le 2me cuirassiers: 1944-1945*, Paris, 1948

Kershaw, I., *Hitler 1936-1945*, Stuttgart, 2000

Menk, L., *A Dictionary of German-Jewish Surnames*, Bergenfield, 1961

Hümmeler, H., *Michael Kitzelmann, Mensch, Soldat, Christ*, Lederdorn, 1964

Kogon, Eu., *Der SS-Staat*, München, 1958 (4. Auflage)

Kühne, A., *Entstehung, Aufbau und Funktion der Flüchtlingsverwaltung Württemberg-Hohenzollern*, 1945-1952, Sigmaringen, 1999

Locher-Dodge, B., *Verdrängte Jahre? Wangen im Allgäu 1933-1945*, Wangen, 1999

Schmidt, H., *Der Elendsweg der Düsseldorfer Juden*, Düsseldorf, 2005

Schramm, P. E., Hgb., *Die Niederlage 1945,* Frankfurt, 1962

Stein, H., *Juden im KZ-Buchenwald, 1937-1942,* Weimar, 1992

Thiess, J., Daak von J., *Südwestdeutschland Stunde Null. Die Geschichte der französischen Besatzungszone 1945-1948,* Düsseldorf, 1979

Wagner, P., Stauch, B., *Geschichte und Geschichten aus Koslar*, Geschichtsverein Koslar, Jülich, 1998

Wagner, P., *Koslar, Geschichte, Fotografien, Dokumente,* Jülich, 1988

Wagner, P., *Erinnerungen an Koslar, Chronik eines Ortes in Bildern,* Jülich, 1993